GJ部
ロスタイム
新木 伸
イラスト／あるや
デザイン／伸童舎
GJ
LT
部

ＧＪ部キャラ大図鑑

ＧＪ部高等部関係

【四ノ宮京夜】
ＧＪ部において最も成長著しい人物。平和的敗北主義者だったが、現在はオレマン化。高校三年生。

【天使真央】
噛みつき危険でワガママだが、じつは寂しがり屋。元祖ＧＪ部の部長。現在は大学一年生。

【皇 紫音】
ゲームの天才で大人の女性。しかし一般常識に大いに欠ける。現在は大学一年生。

【綺羅々・バーンシュタイン】
カナダ育ち。ワイルドパワーの野生の人。どことなくネコっぽい？現在は大学一年生。

【天使 恵】
いつも笑みと紅茶を絶やさない。女の子のなかの女の子。「天上界の生物」の異名を持つ。

【神無月 環】
ポテチが大好物のＧＪ部妹係。下級生がやってきても妹ポジションに居座る。

【森さん】
天使家の侍従兼メイド。完璧な家事能力と執事能力を備えた女性。森さん（母）もいる？

【赤井烈斗】
京夜の宿敵にして、恋敵？後にＧＪ部部員となる。「ぎうにうナイト」の異名を持つ。

【横溝徹心】
京夜の親友。武道系男子。ＧＪ部中等部の周防仁（ジンジン）の兄的存在でもある。

【新明路鳴海】
真央の親友。「男ってのはね～」と、男性に対する偏見を真央に吹きこむ張本人。

【世界統一王者さん】
紫音のネットチェスのお相手。海外在住。本当に「世界統一王者」なのかは謎？

【杏子】
タマの親友。杏子と書いて「きょうこ」と読むが愛称は「アンコ」。コギャル四段。

【京子（キョロ子）】
新生ＧＪ部の新入部員。キョロの名を継ぎ、愛称は「キョロ子」。京夜といつも口喧嘩。

ＧＪ部中等部関係

【四ノ宮 霞】
京夜の妹。ＧＪ部中等部の元部長。常人には及びもつかない発想で行動する。

【天使聖羅】
真央と恵の妹。礼儀作法を身に付けたお嬢様だが、たまに毒舌。お面には秘密あり？

【ジェラルディン・バーンシュタイン】
綺羅々の妹。見た目はおしとやかだが、中身はタフガール。姉に似て日本語が苦手。

【渋井健太（ケンケン）】
ＧＪ部中等部の熱血担当。しかし成長してバカは卒業。けっこういい男になってきた。

【周防 仁（ジンジン）】
ＧＪ部中等部のクール担当。ＧＪ部で揉まれるうちにスカし系は卒業。いい男になった。

【小森さん】
ＧＪ部中等部紅茶番。聖羅の世話をするためにＧＪ部に来たが、聖羅の卒業後も部に残る。

【小手指冴子】
ケンケンが好きな女の子。完璧主義の優等生。精神的にタフで「不沈戦艦」の異名を持つ。

【蛍ちゃん】
なぜか中等部の部室に居着く童女。近所の子らしいが、一説によると座敷童という噂も？

【東雲理央】
霞の親友。中学生ながら恋愛方面に経験豊富で百戦錬磨。「恋愛師匠」の異名を持つ。

【渋井葉月】
ケンケンの姉。わんぱくな弟にプロレス技を決める。高校では京子（キョロ子）の親友。

【高坂翔子】
ジンジンの姉的存在。がははと笑う気っぷのいいアネゴ。愛称は「しょこたん」。

【一文字先生】
ＧＪ部中等部の顧問の先生。正体不明のＧＪ部の部活動に多大な理解を寄せる。

C O N T E N T S

C O N T E N T S

いつもの日曜

いつもの日曜。いつものファミレス
すっかり指定席となったいつもの席に、京夜は皆と一緒にいた。

皆というのは、具体的には、部……じゃなくて、真央。そして紫音さん。それから綺羅々。

高校を卒業していった三人と、京夜はこうして、週に一回は会うことにしていた。

とはいっても、みな大学生生活で忙しいらしく、三人揃うことはあんまりない。誰か一人ずつになるのが常だった。今日のように三人が揃っていると、昔の部室が戻ってきたみたいで、なんだかちょっと嬉しく感じる。

皆から聞かされる大学生活の話は、高校生にはちょっと珍しくもあり、わからないこともあり……。クラスがなくてＨＲもなくて、かわりに「ゼミ」があるのだとか。

しかし京夜はあまり根掘り葉掘り質問したりせず、だいたい聞き役に回っていた。

「その情報理論の教授と議論する機会があってね。私のゲームに対する直感をアルゴリズムに落としこむことが可能ではあるまいかと。こんど共同で研究することになったんだ」

いま話しているのは紫音さん。京夜が半分くらい理解できたところによれば、紫音さんの凄いところをわかってくれる凄い先生がいるという話。

　真央はぱくぱくとお子様ランチを食べるのに忙しい。綺羅々さんはお肉——は食べていなくて、コーヒーをブラックで嗜んでいる。飲むというよりは香りを楽しんでいる感じ。恵ちゃんがいると紅茶を飲んでいる綺羅々さんだが、自分一人だと注文するのはコーヒーとなる。二年も知らなかったことを、日曜の集まりが始まってから、こうして知った。

　京夜はほんのりとした幸せに包まれながら、向かいに座る紫音さんと綺羅々さんをぼんやりと眺めていた。

「うん？　どうかしたかい？」

　皆の私服姿は、昔も何度も見ていたけど、大学生になってから改めてみると、「お姉さん」という感じが凄くする。真央も服だけを見れば大人っぽいのだが、いかんせん、体型が……。あとお子様ランチを注文するため、髪だけツインテールにしていてロリポップ仕様だし。

「大学の話は、君には退屈だったかな？」

「あ。いえ。おもしろいですよ」

「真央。君も食べてばかりいないで、なにか話したまえ」

「いふぁ、いふぉふぁふぁひーふんふぁほっ」

　なに言ってるのかわからない。スプーンを子供握りした真央は、食べるのに忙しい。

「では私が秘密を暴露してしまおう」

　紫音さんは髪を耳の上にあげ、いたずらでも仕掛けるような笑顔になって——。

「真央はいま運転免許を取ろうと頑張っているところでね」

「ぶっ——!?」

京夜は、飲みかけのコーヒーを噴き出してしまった。紫音さんの言ったことが、不意を突いて、いいところに決まってしまった。

「うっわー! きったねー! ばっちー! えんがちょ! えんがちょーっ! バーリア!」

お子様ランチのプレートを持って、真央が、ささーっと避難してゆく。

え? え? 自動車の免許? ええっ? いったいどうやって?

「きょろ。それ。どうやる?」

「は? な、なにがです?」

紙ナプキンを取って、テーブルを拭きにかかっていると、綺羅々さんがなにか訊いてきた。

「きりふき? どくぎり? ひつさつわざ? すごい。じょーず。」

「いえべつに必殺技とかじゃないです」

「どうする? どうやる? きらら。やりたい。」

「いえあんまりやるもんじゃないです。だいたい僕のいまのこれも偶然ですから」

「刀に酒ないし水を吹く風習はあるね。あれは清めの意味ではなく目釘を湿らせて強度を上げる意味合いだそうだ。あとアルコール消毒をする際に霧状にして吹き付けるケースも——」

「やる。」

綺羅々さんはコーヒーをかぽっと口に入れた。一撃でカップが空になった。

「だ――だめですよ。キララ。ほらっ、飲んで、飲んでっ、それ飲んじゃってっ！　吹いちゃだめですからね！」

「なにを言う。GJ部らしーじゃん。新しい必殺技にしよーぜ」

「部室じゃないんですから。あーすいません。すいません。ほんとすいません。いつもお騒がせしてます」

ウエイトレスさんにぺこぺこと頭を下げた。気を利かせてフキンを持ってきてくれている。

「もうそろそろ限界だね」

「決壊だな」

「えっ？」

吹き出すことを止められて、飲みこむには多すぎて、行き場を失ったコーヒーが、だー、と口元からこぼれた。

「うわあ！　キララ！　キララ！　拭いて拭いて早く！　服にしみるっ！　お姉さんフキンフキン！　そのフキンお願いします！」

「これキョロの責任なんじゃね？　止めるからだぞ」

「止めなきゃ吹いてたじゃないですかー！」

「今日は服でも買いに行こう。日和もお日柄も良好だ」

これなどいいね

ミニ知識

GJ部OG昼食会

それぞれ大学に進学したGJ部のOGは、毎週日曜日にファミレスで顔を合わせて昼食をとることにしている。真央いわく、「部室に遊びに行かない」ことはGJ部の掟であるそうだ。なのでファミレスを集会場所として使っている。

天使真央の日

いつもの日曜。いつものファミレス。

すっかり指定席となったいつもの席に、京夜がひとりで座っていると——。

「よ」

ツインテールを揺らしながら、真央が向かいの席に座った。

ファミレスのソファーに座るとき、真央の場合には、座るというよりも、飛び乗るというほうが近い感じになる。いつものウエイトレスのお姉さんも、微笑ましい目で見守っている。

「おまえ、もう頼んだの？」

「いえ。誰か来てからと思いまして」

京夜は言った。すっかり常連となった結果、水だけで粘るという無茶ができている。

「おねーちゃーん！　ちゅうもん！　ちゅうもーん！」

真央はロリ声になって、ウエイトレスのお姉さんを呼ぶ。

笑顔を浮かべるお姉さんが、真央ちゃん（小学四年生）の「いつもの！」の注文をニコニコと聞いてくれる。京夜はハンバーグにライス付き。日曜にもランチがあるなら、迷わずに「本日のランチ」で済ませられるだけど……。いつも迷ってお姉さんを待たせてしまうことになる。

戻ってゆくお姉さんの背中を目で追ってから、京夜は真央に目を戻した。

「ねえ部長」

「なんだ。――部長じゃないがな」

お姉さんがいなくなったから部長は素に戻っている。お姉さんがいるときだけ真央はロリに変わる。小学四年生の「まーちゃん」となる。

「それ……。もうやめてもいいと思いますよ。たぶん気づかれてますよ」

「なにを言う。わたしのこの完璧な演技がバレるはずなかろう」

「だいたいニセロリ・ルックだって最近はすっかりサボっているじゃないですか。声だけでしょ。ロリポップしているの」

「さ、最近の小学生は！　このくらいフツーに着てるんだよ！　あとロリポップゆーな！」

真央は顔を赤らめつつそう言った。この反応はきっと自分でもわかっている。恥ずかしいなら、やめればいいのにー。

バレてるとわかっていても続ける心理って、なんなんだろ？

料理が出てくるまでの時間。京夜は彼女を眺めて過ごした。

ドリンクのストローの紙の包装のところを、しわしわにして短く縮めてテーブルに置いて、水を垂らして「げじげじー」と遊んでいたり。オレンジジュースをストローでぶくぶく吹いて泡だらけにしていたり。ほんと。見ていて飽きない。

かと思えば、ドリンクバーのところに、たたたっと、駆けてゆく。戻ってくると、またソファーにぴょんとお尻から飛び乗る。

「うおっ!?　奇跡の配合キター!!　ゲゲボの神は我に究極のレシピを与えたもうた！　炭酸ッ！　炭酸とコーヒーがっ！　超あわねーっ!!」

何種類か混ぜてきたドリンクをストローですすって、顔をきゅーっとしかめて、手をばたばたとふるっている。そんなにマズくてゲゲボな味の調合に成功したらしい。

頬杖をついて京夜は眺めていた。

「――ん？　なんだヨ？」

心の中が表情に表れてしまっていたのか。じっとりとした目を向けられた。

「いえ。カワイイな。と思いまして」

「か――!?　カワイイだとッ！　おま――ッ！　なんつー!?　恥を知れ恥をッ!!」

「えっ？　あのいやべつにそういった意味じゃなくてですね」

「ここは殿方禁止だ！　おかえりはあちらだ！」

「いえファミレスで殿方禁止しちゃったら半分の人が出入り禁止になっちゃいますって……。げじげじやったり、ぶくぶくやったり、ばたばたやったり、それがおもしろいっていう意味ですって。ケージのなかで回し車を回すハムスターを見て、愛でる気持ちといいますか、なんかそんなようなものでして――。だからほら、決してヤマしいことなどなくて――」

「ハムスター、ゆった」

真央は唇をとがらせる。

「おまえって、いつもそうだよな。わたしのこと、コドモかハムスターとしてしか見ないのな」

「いえ部長としても見てますからっ」

「部長じゃナイ」

小さな手で、おでこをぺしっとはたかれる。

「……女性としては見ないのな」

「え？」

真央がそっぽを向きつつ小声で言った言葉を、京夜は聞き落とさなかった。

いまのって、聞き違いではないと思うんだけど……。あれ？　じゃあするとどっちなの？　言ったらだめなの？　言わないとだめなの？　どっち？

京夜は真央の横顔をじーっと見た。真央は顔をぐーっと背けていった。首が限界まで回りきって、逃げ場がいよいよなくなったところで――。

「はい。まおちゃん。お子様ランチよー」

「わぁい。おねーちゃん♡　ありがとー♡」

もぐもぐ。はむはむ。むしゃむしゃ。がつがつがつ。

お食事タイムがスタートして、京夜の疑問は棚上げとなった。

CHARACTER PROFILE

キャラクター・プロフィール

【天使真央 あまつか・まお】

大学一年生。大学生となり大人っぽくなった彼女は、あまり嚙まなくなった。京夜からはたまに「部長」と言われるが、そんなときでも嚙みつかずに、おでこにチョップを一発いれるだけ。最近のトピックとしては、自動車免許の取得に挑戦しようとしていること。

皇紫音の日

いつもの日曜。いつものファミレス。

　すっかり指定席となった四人がけのボックス席に、今日は紫音さんと二人で向かい合っていた。食事も終わってコーヒーなどを楽しんでいる。

「今日は紫音さん一人だけですか？」

「ん？　そうだね。私一人と聞いているね」

　いったんはうなずいて――。しばらくして京夜は――。

「この前。先々週は、賑やかでしたねー。みんないましたから」

　思いだしたかのように言った。てゆうか実際に思いだしていた。賑やかだった先々週を。

　紫音さんはコーヒーをかき回している。

「キョロ君は……、私と二人きりなのは、いやなのかい？」

「いえそんなことはないですよ」

　京夜は慌てて言った。まったく絶対そんなことはない。ここは力一杯否定するべきだろう。

「――絶対ないです。ありえないです。そんなことを思ったことはこれまで一度だってありませんし、今後一生未来永劫にわたって起こりえません」

「大げさだね」

紫音さんは笑った。よかった。笑ってくれた。

「そういえば偶然ですよね」

ちょうどいいタイミングを見つけて、京夜は話題を切り替えた。

「なにかな？」

紫音さんはコーヒーにお砂糖を入れた。くるくるとかき回す。

「先週は真央で……。今週は紫音さんですよね」

「そうだね。皆、それぞれ忙しいからね……。誰か一人ずつとなってしまう蓋然性は、これは高いと言わざるを得まい。統計学的にも、なんら不思議のないことだといえよう」

「先々週は三人一緒だったじゃないですか。それで、さらにその前はキララさん。これで来週がまたキララさん一人になってたら、完璧ですよねー」

「な、なにが……か、完璧なのかな？」

紫音さんはコーヒーをぐるぐるとかき回している。

「え？　いえローテーションが」

「ロ、ローテーション……とは。な、なんのことかな？」

「ほら部活でよくあったじゃないですか。部——真央に始まって、次が紫音さん、キララさん、恵ちゃん、それでタマの番はだいたい飛ばされて——」

よく無茶をやらされた。よくからかわれた。真央にはじまり、紫音さんの番が来たあたりで、京夜はたいてい「はじまった」ことを理解して覚悟完了したものだった。

紫音さんはコーヒーをぐるぐるぐる、ぐるぐるぐる、とかき回し続けている。

あれ？　紫音さんってコーヒーに砂糖入れる人だっけ？　てゆうか。そんなに溶けきらないほど何杯も砂糖を入れちゃって……？

「コーヒー……？　それ大丈夫ですか？」

「な、なにかな？　け、けっしてヤマしいことなどっ、天地神明に誓って――」

「いえ。お砂糖」

「うわっち！」

気づいていなかったのか。紫音さんは自分でびっくりしている。

「何杯入れちゃいました？」

「ええと……、覚えてはいないが……。ええと、いまアカシックレコードを確認したら――うん。私は十三杯ほど投入しているね」

「僕。それ飲みます。――こっち。まだお砂糖入れていないし飲んでないから交換です」

紫音さんのコーヒーカップと、自分のコーヒーカップとを、京夜は入れ替えた。

「そ、そんなことをさせるわけには――わ、私が自分で飲むから」

「いいえ――」

だが京夜は、はっきりと口にした。

「貴女の一般常識ナイトとして認められません。常識的にいって、砂糖十三杯は多すぎです」

京夜はカップを持つと、ごっ――と、一撃で処分した。彼女に危害を与えそうな危険物を、ナイトとして、飲み殺して、始末した。

うわー……っ。あまー……っ。

「ところでナイト君。本日の予定は？」

「空いてますよ」

「今日は本当にいい天気だね。書店でも散策するのが素敵な日柄に思えるのだが」

「同感です」

京夜はうなずいた。荷物と上着をまとめて席を立つ準備をしていると――。

「よしごまかせた」

「え？　なんですか？」

紫音さんがなにか言ったが、よく聞こえなかった。

「いいや。こちらのことだよ」

紫音さんは伝票を手にすると、先に立って歩きはじめた。

ああまた持って行かれちゃった。

せめてワリカンというのが男子の本懐であるのだが……。いっこうに遂げさせてもらえない。

CHARACTER PROFILE

キャラクター・プロフィール

【**皇 紫音**すめらぎ・しおん】

大学一年生。高校時代から相当な大人っぽさを身に付けていた彼女には、印象自体にあまり変化はない。セーフハウスを確保した彼女は念願の一人暮らしを満喫中（カップ麺三昧とも言う）。大学のほうでは基礎教養課程をすっ飛ばして、教授のゼミに入り浸り、高度な研究に没頭している様子。

綺羅々の日

いつもの日曜。いつものファミレス。

すっかり指定席となったボックス席で、今日の京夜は、綺羅々さんと向かい合って座っていた。

「僕それで紫音さんに言ったんですよ。もし来週が綺羅々さんだったら、ローテーションの通りですねーって。そうしたら、言っていたことが本当になっちゃいました」

「ん。」

京夜が話す。綺羅々さんがうなずく。

短い返事しかなくても、京夜は特に気を遣わない。

普通なら、そんな気のない返事が返ってきていたら、退屈しているのかなとか、なにか怒らせちゃうようなことしたかなとか、気を回してしまうところだろう。

だけど綺羅々さんの場合にはこれがデフォルト。いつもの通り。

よって京夜はリラックスしていた。ある意味、綺羅々さんと二人のときがいちばんリラックスできているのかも？

大学に入ってもやっぱり綺羅々さんは綺羅々さんのまま。日本語を話すのがちょっと苦手な

綺羅々さんのまま。入った学科の特色なのか、授業はすべて英語でやっているそうだ。だから日本語会話の上達も止まったまま。

英語でしゃべる綺羅々さんを、京夜は想像してみようとした。ネイティブ・イングリッシュで、きっとマシンガントークに違いない。……だめだ。想像つかない。

「きょろ。なにか。はなす。きららも。はなす。」

「えっ？　あっ。はい。えーと……。なに話しましょう」

「きらら。つうやく。めざしてる。」

「はい？」

「だから。にほんご。れんしゅう。いっぱい。するよ。」

「えっ？　つうやく？　つうやく……って、通訳ですか？」

どうも意思疎通がうまくいかない。綺羅々さんは不満げに眉を引き寄せ――。すちゃっと、携帯を取りだした。

物凄い早さでメールを打つ。びびびび、と携帯が高速振動する。トラのマスコットが生きているみたいに跳ね回る。

すぐに京夜の携帯で着メロが鳴った。このやりとりは以前にも覚えがある。目の前にいながら綺羅々さんの言葉だけはメールで読む。ＧＪ部ではこれを「綺羅々式対話法」と呼ぶ。

『綺羅々は通訳目指しているのね。国際学科だってことは知ってる？　話したよね。キョロが

忘れてなくて覚えてくれていればだけど』

「あ。はい覚えてますよ。てゆうか。さっきちょうどそのことを考えていました」

『あっほら、やっぱりだ。さっきそんなにおいがしてたんだよね。大学のこと考えている……においい？』

「ええっ？　そんなことまで匂いでわかるんですかっ！」

『うそぴょーん。あはははっ。本気にした？　本気にしてる？　本気にしちゃったにおいだったよね。そっちのほうは嘘だったけど。でもこっちは本当だよ。本気かどうかにおいでわかるっていうのはこれ本当。綺羅々に嘘は通じないんだから。――ね？』

「は、はい」

なんだかドキリとする。いつもの綺羅々さんの眠たげなまなざしなのに、それがまったく別の意味に見えてきたりする。

違う女の子と話している気分だ。

めまいがするほどファンタスティック。

『あとそうだ。さっきローテーションって言ってたよね』

「ああはい。偶然ですよね」

『キョロは鋭いのか鈍いのか、たまにわかんないよね』

「はい？」

『うーん。どうかな。言っちゃっていいのかな。内緒にしておこうっていう協定はなかったよね。だったらいいのかな。言いたいなー。言っちゃいたいなー。よし言っちゃおう』

「は、はい」

京夜は居住まいを正した。次のメールを待った。なんか〝協定〟だとか、またそんな言葉も見えていたし……。

メールは三秒フラットで届いた。

『皆は忙しくて一人ずつしか来れないわけじゃないのね。皆で話しあってローテーションすることに決めたんだ。皆で会ってたら楽しいけど。でもそれじゃデートにならないし。デートにするのだったら二人っきりで逢わないとね』

「えっ？　えっ？　えっ？」

『先週はシイとデートだったよね。本屋さんにＧＯって聞いたよ。――綺羅々はどこに連れていってくれるの？』

「えっ？　えーと。えーと。えーと」

『体動かせるところがいいな。あといっぱいお喋りできるところ。はい。――じゃあ携帯。これで封印っ♡』

「えすこーと。ぷりーず。」

綺羅々さんは目を細めて猫のように笑った。

CHARACTER PROFILE

キャラクター・プロフィール

【綺羅々・バーンシュタイン きらら・ばーんしゅたいん】

大学一年生。仕事を持ち、日本に帰化して国籍を得て「日本人」になるという夢を叶えるために、通訳を目指して勉強中。しかし入った大学が、授業をすべて「英会話」で行うところだったために、日本語能力のほうは低下中。毎週の京夜との「レッスン」が欠かせない。

部員と部長と

「ねえ部長……、聞いてくださいよー」

いつものファミレス。いつもの日曜日。すっかり指定席となったいつもの席で、京夜は向かいに座ったツインテールの少女に相談をもちかけた。

「部長じゃナイ！」

ぺしっとおでこを叩かれる。子供っぽく結ったツインテールが、ぷるんと揺れる。

「えっと……、真央……、部員が来ないんですよー」

「なんだ？　新入部員が入らないのか？」

デザートのパフェに、スプーンをぶっ刺し、彼女が相づちを打つ。

「新入生歓迎の部活説明会がおわったんですよー。出ていって説明もやったんですけどー」

「ほう。頑張ってるんだな」

「張り紙もしてるんですよー。新入部員募集！　って」

「ほほう。感心だな」

「だけど待てど暮らせど、新入部員が、誰もこないんですよー」

「待ってたら、そりゃだめだろうな」

「タマが下級生下級生、うるさいんですよー」

「そりゃうるさいだろうな。下ができれば、自分が下っ端ではなくなるものな」

「恵ちゃんも、紅茶を飲んでくれる人が増えると嬉しいですよねー。って。笑顔のプレッシャーをかけてくるんですよ」

「ほう。そりゃ怖いな。〝ずごごご〟と、フキダシでもつけてやれ」

「僕。どうしたらいいんでしょう?」

「そりゃおまえ。やっぱアレだろ」

「アレですか」

早々と〝結論〟にたどりついてしまう。京夜はため息をついた。

「できれば伝統漁法に頼らずに部員獲得したかったんですけど」

「伝統漁法か！　おまえ！　うまいこと言うな！　ザブトンいちまいだ！」

「僕。部長なんですよねー。僕がなんとかしないとですよねー」

「そだな。おまえがなんとかしないとな。新入部員が入ってこなかったら、GJ部は、いずれ廃部だな」

うっわ！　大変だっ！

京夜は慌てた。そして腹をくくった。もはや手段を選んでいる場合ではなかった。

「明日。ゴミ袋買ってきます」

「黒いやつだぞ？　なかなか売ってないぞ。レア袋だぞ。半透明の自治体指定じゃダメだからな。視界を奪わないと、ヘタに暴れられて、面倒になるからな」

経験者がその知恵を語る。犯罪の打ち合わせでもしているようで、イケナイ気分になってくる。

新入生獲得方法のほうは一筋の光明が見えてきたので、京夜はもうひとつの懸案事項について先代部長の知恵を借りることにした。

「ところで部長って、いったいどうすればいいんでしょう」

「意味がわからんが」

「いまは新入部員もいませんし、普通にやってるんですよ。いままで通りっていうか。部長たちがいたときみたいな……」

「部長じゃナイ」

またぺしっとおでこを叩かれる。

「いいかげんに慣れろっ」

真央はそっぽを向くと、そう言った。

「ま……、真央だって、僕がそう呼ぶと、なんか恥ずかしそうな顔するじゃないですか。こっちだって調子が狂うんですよ」

気まずい空気が充満する。恥ずかしくて、いたたまれないカンジ……。

二人一緒に下を向く。

顔をあげて、先に沈黙を破ったのは、彼女のほうだった。

「……だいたい。おまえはなにを見てきたのだ。部長のふるまいなんて、わたしが二年間もやってみせてたろ」

「えー？」

京夜は抗議をこめてブーイングした。

「なんだよ？」

「いえ。噛みつくのはー。ちょっとー」

「誰も噛みつけなどと言っとらん」

噛みつく以外のことで、部長のやっていたこと……。部長のやっていたこと……。

ああ。そっか。

京夜は急に気持ちが軽くなった。

もし仮に新入部員ができたとして――。いや。できないと困るんだけど。

その新入部員に対して、GJ部の部長として、どのように振る舞えばいいのか――。なんとなく光明が見えてきたカンジがする。

だいじょうぶ。できる。

だって自分は、この人の背中を二年間も見てきたのだから。

よし！とらまえたぞ…

なんですか！
なんなんですかー!?

ふう……。
手こずらせやがって……。

タマもこうやって
捕まったですよ。

紅茶飲んでくれる人が
増えてうれしーですー。

俺はもう帰っていいのか？

新入生捕獲

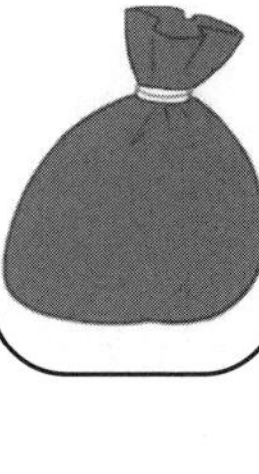

「我々が！　グッジョブだあぁーっ！」

部活の見学をしようと、文化部棟の古い木造の建物を歩いていたときのことだった。

二階にあがって、さて、この階にはどんなヘンテコな部があるのだろう。——とか思った矢先のこと。わたしは奇声を張りあげる集団に、突然、襲いかかられた。

「きゃあ！」

うずくまったわたしに、なにか黒いものがかぶせられる。なにこれ？　袋？

「えっ——!?　ちょ——!?　なんですか！　なんなんですか!?　なにするんですかっ!?」

私は有無を言わさず、袋詰めにされた。そして持ちあげられて運ばれる。

じたばたと暴れたものの、わたしはすっかり手荷物扱い。廊下からどこかの部屋の中に運びこまれてしまった。

やがて袋の口が開かれる。

まぶしさに目を細めつつ、見上げたわたしの目に映ったのは——。

「ようこそ我がGJ部へ。歓迎するぞ」

なんか。男の人が立っていた。

尊大そうなポーズで腕組みをして立っている。あれ知ってる。仁王立ちとかいうやつ。

「あの。……わたし、なんで拉致られたんでしょうか？」

特に部活に入るつもりはなかったんだけど、仲良くなった前の席の葉月ちゃんが部活入ったほうが楽しいよって言うもので、四月もなかばにさしかかった今頃になって、部活探しを始めていたわたしだった。ここは文化部棟で、運動部だと体力いりそうで大変だし、どちらかといえば文化部かなーとか思って、それで文化部棟を訪ねて回っていたわけなんだけど。

「なんなんですか。だれですか。ここどこですか。いったいなにがどうなっているんですか」

「いきなり五つも質問か。欲張りなやつだな。――まあいい。俺様は寛大だからな。その五つの質問に、たちどころに答えてやろう」

男の人は尊大にそう言った。偉そうに見えていたけど、やっぱり偉そうだった。

「まず、ここはGJ部の部室で、俺は部長の四ノ宮京夜だ。そしてお前は我が部の伝統的な部員獲得法により、ここに召喚された。――さあ、これからお前を接待してやるぞ。覚悟しろ」

「えーと……」

わたしはどこに突っこむべきなのか考えていた。すくなくとも接待っていうのは、強引にやるものじゃないし、覚悟しなければならないものでもないと思う。

「恵。ハニートラップ！　開始っ！」

「はぁい。――お茶どうですかー。蜂蜜たっぷりのワッフルも焼きたてですよー」

あ。優しそうな女の人が出てきた。この人なら話を聞いてくれそう。

女の人に背中を押されて、コタツに案内される。顔を思いっきり振り向かせて、わたしはその優しげな女の人に訴えかけた。

「あの助けてください。なんかこの人、変なんです！」

「はい。GJ部の伝統的勧誘法でぇす。ワッフルとイチゴのショートケーキと、どちらがいいですかー。紅茶はヌワラエリヤとかが、わたし的にはお勧めなんですけど、でもアールグレイとかのほうが有名かもですねー」

だめだ。この人。話が通じない。この人もだいぶ変だ。

でもイチゴショートはおいしそう。ワッフルっていうのは食べたことないけど。縦横の編み目が香ばしい匂いをあげていて……。ああ。だめ。ああ……。理性とびそう。

「こ……、ここって、どんな部なんですか」

かろうじて踏みとどまって、わたしはそう訊いた。

その手法の是非はともかくとして、自分が部活に勧誘されているのだということは、なんとなく理解できた。

「ほ……、放課後に、ティータイムするような……、ぶ、部活……なんでしょうか?」

だとしたら素晴らしすぎる。

「ふっふっふ……。GJ部がそれだけの部だと思ったら大間違いだ。ふふふのふ」

男の人が不敵に笑う。

「つぎだ——！　タマ！　接待部長の真価を見せてみろ！」

「はいです」

「えっ？　あっ？　きゃっ——」

小柄な女の子が、なんかいきなり、わたしの膝の上に乗っかってきた。

「撫でるがよいのです。タマ。特別に許したげます」

「えっ？　えっえっ？　えっ？」

わたしはすっかり混乱していた。でもとりあえず、目の前にある髪を……なでなで。

ちっちゃい子だな。おなじ一年生なのかな？　柔らかくって撫で心地のよい髪の毛を、なんとなく撫でる。そうしていると、混乱した心が落ち着いてくる。心が癒やされる。

「どうだ？　入りたくなってきただろう。いまなら膝乗りタマが専属だぞ」

小さな彼女はすっぽりとわたしの膝に収まっている。だめ。なんかだめ。ぎゅーってやりたい。

「はい。どーぞ」

「どうもー♪」

イチゴショートとワッフルと、湯気をあげる紅茶が出されたところで、わたしは正気を失った。

CHARACTER PROFILE

キャラクター・プロフィール

【京子 きょうこ】

高校一年生。愛称はキョロ子。高校に入学してまだ一週間の、ぴっかぴっかの新入生。部活めぐりをしている最中にＧＪ部の拉致という名の勧誘を受ける。タマと同様に「ケーキ食べ放題」で陥落する。性格はのんびりとしていそうでいて、意外と負けん気が強い。オレマン第二段階の四ノ宮京夜と、よく張り合っている。

いつもの放課後

いつもの放課後。いつもの旧校舎。

横暴(おうぼう)部長の君臨(くんりん)するＧＪ(グッジョ)部(ぶ)の部室。

「おいキョロ子」

部長の声に、わたしはびくりと身をすくませた。

おそるおそる首をめぐらせて、そちらに向いた。

部長がマンガを読むのをやめてこちらを見ている。わたしがキョドっていると、にまー、と、その顔に、いや～なカンジの笑いが浮かんだ。

「な、なんですか……」

「退屈(たいくつ)だ」

「そうですか。それは困(こま)りましたね」

部長の言葉に、わたしはわからないふりを返した。

なにを言ってくるのか、どーせ、わかりきっているのだ。

「ああ。退屈だ。退屈だ」

「変なこと言ってないでマンガ読んでてくださいよ。部長はマンガ読んでいるときが一番安全

かつ無難かつ平和なんですから」

「読み終わったよ」

「先週のがそこにありますよ」

「先週のを読んでどうするよ」

「わたしが平和になります。部長はずっと永久にすくなくとも日が暮れて下校のチャイムが鳴ってくれるまで読んでいてくれると助かります。わたしが楽でいいんですけど」

「そうもいかん」

「なんでですか」

相手のペースにはまっているなぁ、と思いつつ、わたしは訊いた。訊いてしまった。

「俺には部長として、おまえを鍛える責務がある」

「いいです。いいです！　鍛えないでいいですから——って、いったいなにを鍛えるんですか？」

「そりゃ決まっているだろ。ＧＪ部魂だ」

「だからなんですかそのＧＪ部魂っていうの。部長それよく言いますけど。わたしいっぺんも納得できる説明をしてもらった覚えがないんですけど」

「タマ。教えてやれ」

部長はそう言った。

ソファーのところが定位置（ていいち）で、いつもころんころんと丸くなっている神無月先輩（かんなづきせんぱい）が、むくっと首をもたげて、気怠（けだる）そうに口をひらいた。

「タマ。知らないですにゃ」

「ほらわからないって言ってますよ！」

「うむ。いつもながら見事なＧＪ部魂（グッジョぶだましい）だ。タマ」

「はいです」

神無月先輩はポテチの袋を抱（かか）えこんで、また、むにゃむにゃと昼寝に戻る。

「ちょ――!?　なんですかなんなんですか？　いまのでいいんですかＧＪ部魂って！　そんないいかげんなことでいいんですか！」

「なんだ？　おまえも少しはわかってきたのか？　ＧＪ部魂が？」

「わかりませんよ！」

「ではやはり鍛（きた）えんとな」

「鍛えなくていいですよ！　それより部活動しましょうよ！　わたし、この部に入って――っていうか拉致（らち）られて、まともに部活動しているところ、一回も見たことがないんですけど」

「いつもやってるだろ。部活動なら」

「いつですか！　何時何分何秒にやりました！」

放課後恒例（こうれい）の怒鳴（どな）りあいをやっていると、わたしたちのあいだに、すっと湯気（ゆげ）とともに入り

こんできた女性がいた。

「二人とも、仲いいですねー。妬けちゃいますねー」

恵さんはテーブルに紅茶を並べてゆく。部長とわたしが仲がいいとか、まったくの誤解なんだけど。――と、いつも思うのだが、言う機会をいつも失う。

お砂糖いっぱいのミルクティーを、くぴくぴとやるのに、わたしは忙しくて――。

「いっつもお茶してるだけじゃないですか！」

カップを空にしてから、わたしは言った。

「しっかり飲んでから言うのか。――ちなみに数分も前の話題を何事もなくつづけるそれは、ＧＪ部式話法という。教えてもいないのに身に付けているとはさすがキョロ子だな」

「あーもー！　だからもー！　そのキョロ子っての、やめてくださいよ。なにか微妙に情けない感じなんですけど」

「なにを言う。これは由緒ある名前だぞ。あと似合っているぞ」

「どこがですか！」

「おいキョロ子。暇だぞ。なにかおもしろいことをやれ」

これまでの流れの一切合切をぶった切って、部長はそう言った。

「やっぱりそこに戻ってくるんですね……」

わたしは、ふうとため息をついた。

退屈だー
退屈だー
子供ですか

ミニ知識

部活動

ＧＪ部の部活動の主な目的は「ＧＪ部魂の鍛錬」にある。その活動はすべて古来より伝承された「鍛錬法」にほかならない。ただお茶を飲んでいるだけに見えようと、コタツで居眠りしていようと、すべてはＧＪ部魂を完成させるための鍛錬なのである。もちろん「キョロ子いじり」が、最高に有益な鍛錬であることはいうまでもない。

恵さんと部長

「おい恵。お茶」

いつもの放課後。いつもの旧校舎。いつもの横暴部長の支配するGJ部の部室。

マンガを読んでいた部長が、空になったマグカップを、机の上にどんと置く。

声も仕草も、まったく横柄きわまりない。

「あっ。はぁい」

編み物をしていた恵さんが、編みかけセーターと編み棒を椅子に残して立ち上がった。

部屋の片隅の通称《紅茶基地》に出向いていって、まずお湯から沸かしはじめる。

四月のはじめくらいまでは、ストーブの上にヤカンが置かれていて、いつもしゅんしゅんと蒸気を噴いていたのだけど。さすがにこの季節には、もうストーブも役目を終えている。

ちなみになんでか「ストーブ」と言うと部長に叱られる。「ストーブ様」と言わないとならないらしい。わけわかんないですよ。

紅茶基地から、恵さんの楽しそうなハミングが聞こえてくる。

恵さんは誰かにお茶を淹れることが、とっても大好きな女の人。まるでそのためにこの世に生を受けたような人。部長に「おい」とか横柄に言われても、嫌な顔一つ見せたりしない。

「はい。京夜くん。……どーぞ」

出来たての熱々の紅茶を恵さんがカップに注ぐ。

「おう」

部長は恵さんのほうを見もせずに、横柄に返事を返している。

「どうですか？」

なにかを期待する顔で、恵さんは立っている。部長は紅茶を一口だけ含み。

「ん。」

まただ。ひどい。信じらんない。

部長はただ横柄に言葉にもなってない声を返しただけ。「ん。」とか、わずかに言っただけ。

でもそれで恵さんは上機嫌になって戻っていった。その背中を目で追っていると――。

「おかわりですか？」

「うえっ？」

ティーポットを手にくるりと恵さんが振り返る。わたしは思わず変な声をあげてしまった。

「いえ。あの。その――」

慌てて自分のカップを傾ける。ぬるくなっている紅茶を一気に飲み干した。

くっくっく――と、部長の忍び笑いが聞こえてくる。わたしはじろりとにらみつけた。

「なんですか」

「いや。なにも」

マンガを読んでいたはずなのに、なにもかもご存じ——という顔だ。わたしが恵さんに見とれていたのも、慌てふためいているのも、すべて部長には見抜かれてしまっている。

「ああそうだ。恵。——あれどこにあったっけ?」

「あれですねー」

恵さんは引き出しのところに行くと、電卓を持ち帰ってきた。

「はい」

「おう」

たぶんわたしは、信じらんない、という顔をしていたと思う。なんで「あれ」でわかるのか。「あれ」が電卓のことを指し示していると、なぜわかるのか。

部長は電卓を叩いて、帳面を付けている。部の経費の計算をやっている。この人も横暴にふんぞり返っているだけでなく、無理無茶難題を言ってくるだけでなく、こうしてたまには部長の仕事をやっていたりする。

「どした。キョロ子。ハトが豆鉄砲食らったような顔をしてるぞ」

「部長ってそういう古い言い回し、好きですよね」

「はっは。褒めてもなにも出ないぞ」

いえ。褒めてないです。

「きょうのおまえは愉快に挙動不審だな。なんか訊きたいことでもあるのか。なんだ。訊いてみろ。寛大なる俺様がたちどころに答えてやろうじゃないか」

「俺様とか自分で言っちゃう人が到底寛大だなんて思えませんけど。――じゃあ遠慮なく訊きますが。これは前々から思っていたことなんですけど。具体的にはこの部に拉致られてから」

「前置きが長いな」

「黙って聞いてください。――お二人って、どういう関係なんです？」

「なにが？」

「なんか。そのつまり。お二人を見ていると。恋人……とゆーかぁ、夫婦？　……みたいな感じがするんですけど。部長のほうは『恵』とか呼び捨てですし。恵さんのほうも『京夜くん』とか下の名前で呼んじゃってますし。あとあと。だって〝あれ〟で伝わるし。どうなんですか。なにかあるなら白状してください。はっきりしてくれないと気になっちゃうじゃないですか」

「おい恵。俺とお前は夫婦なんだと」

「光栄でぇす♡」

部長が恵さんに話題を振る。紅茶基地から返事が返る。

軽く流された。

ムキになって訊いているのは自分だけ。二人のほうはまったく平静きわまりなくて――。

この二人には敵わないなぁ、と、わたしは思った。

夫婦なんだと
光栄でぇす

四ノ宮君と
夫婦みたいだねー、って
言われちゃいましたー。

なぬ!?　な、な、
な——!?　なんつー!?

ふうふ、って、なにすれば
いいんでしょう？
お姉ちゃん？

お、お、お……、
お茶とか出しておけば、
いいんでね？

じゃあいつも通りですねー。

タマさん

「じつはタマは高校二年生なのですが、キョロ子よりも年下なのですよー」

「えっ？」

　いつもの放課後。いつもの部室。

　横柄(おうへい)な部長が今日はいなくて、ちょっと気を抜いていた午後のひととき——。

　ポテチをつまんだ手を止(と)めて、わたしは隣(となり)に並ぶタマさんの顔をまじまじと見つめていた。

　たっぷり数秒間くらい。

　いきなりへんなことを言われて……。

　いや。だって。ねえ？

　上履(うわば)きの色だって紺色(こんいろ)で……。

「タマは妹キャラなのです。よってタマはポテチを貢(みつ)ぐ側(がわ)じゃないのです。ポテチを搾取(さくしゅ)する側なのです」

「あ。ごめんなさい」

　今日のわたしは、二年生のタマさんの隣に座って、ポテチをすこし分けてもらっていた。タマさんがいつも抱(かか)えている袋から、なにげなく、一枚、二枚と、つまんでしまっていた。

「タマはなにしろ寛大なので、控えめにこっそりと、分をわきまえて食べるぶんには、大目にみてやるのです」

「はぁ」

食べていいのかな。いけないのかな。どっちなんだろ。

「感謝しつつ食べるですよ」

「はい」

わたしはポテチを一枚つまむと、口に運んだ。どうやら一枚ずつ食べるぶんにはよいらしい。

「……部長とか、わしづかみできますからねー」

まったく部長は横暴なのだ。半径一メートル以内にお菓子の袋を置くと、容赦なく手を伸ばしてくる。そしてタマさんが抗議をすると、「利子つけて回収だ」とか言い返すのだ。わけわけわかんない。

「あの……。さっきの話ですけど。年下……なんですか？」

「そですよ。タマは妹キャラですよ」

ぱりっとポテチをかじりながら、タマさんはしれっとした態度で言う。

「飛び級だとか。そんなのですか？」

タマさんの顔を眺め、体つきを眺め、ソファーの下に伸びる細い足を眺める。

たしかにタマさんは、女の子としてもちょっと小さめだった。すくなくとも、わたしよりは、

ちっちゃいのは確実だ。まあクラスにもちっちゃい子はいるし、それよりちょっと小さいくらいだから、あまり気にしていなかったけど……。たしかに中学生って言われても違和感がない。

「タマさんって……。いくつなんですか？」

「十六ですよ」

「え？　いやわたしも十六なんですけど」

「じゃあキョロ子のがお姉ちゃんですね」

「いえ同い年──っていうか。わたしは遅生まれでもう誕生日きているから高一で十六なんであって、タマさんは普通に高二で十六ですよね？　今年じゅうには十七になりますよね？」

「でも年下なのです」

「わけわかりませんよ」

「考えるな、感じろ、なのです」

「ますますわかりませんよ」

「香港のエラい格闘家の師父のコトバらしーですよ」

「誰でしょう」

「GJ部の部長の、先代の先代の先代のそのまた先代あたりのイキモノの心の師であるそーです」

「またGJ部魂とかですか？　もう。わたしに秘密なんだから。教えてくださいよ。わたし

だけ、いっつも、のけものなんですから」

「みそっかすはタマの専売特許なのです」

「みそっかすって、これ、褒め言葉なんですか？」

「えっへん」

「はあ」

タマさんの独特の会話ペースには――どうにも慣れない。

「ということでタマが年下キャラだということに納得してもらえたよーなので、タマは妹の権利を要求するのです」

「え？　わっ――きゃっ」

タマさんが急にごろんとソファーの上に寝転がって、膝の上に頭を持ってきた。

わたしはタマさんに膝枕をする形になってしまった。

あうー。

「お姉ちゃんは妹がかまってオーラを出しているときには、膝枕をしてやる義務があるのです」

「はあ」

ごろにゃんとくつろぐタマさんに、わたしは膝を貸した。そのうちにタマさんは居眠りをはじめてしまって……。小さな頭を、わたしはずっと膝のうえに抱えていた。

あーうー。

弟：ねーちゃん！
ねーちゃん！
ハラへったー！

戸棚のなかの
オヤツ食えですよ！

妹：おねーちゃん
宿題わかんないのー！

あーもーどれですか！
見てやるから
持ってくるですよ！

弟：ねーちゃん
靴下かたっぽ
見つかんないよー！

オレマン

「おい。恵。お茶」

「はぁい」

いつもの放課後。いつもの旧校舎。横暴部長の君臨するGJ部の部室。

部長がいつものように横柄にお茶を要求して、恵さんがぱたぱたと紅茶基地に行って立ち働く。

むー、と、目を細めて、わたしはその光景を眺めていた。

お茶を淹れるのは女の仕事であたりまえ。――とかいうカンジがして、すごい嫌。

まあ恵さんは好きでやっているのだとわかるんだけど。

「ねえ部長」

「なんだ?」

「いつも思ってたんですけど。せめて〝お茶淹れてください〟とか、お願いする形とかにはならないんですか？　あと呼び捨てもどうかと思います。遠慮は大切だと思います。和の心です」

「おまえもたいがい遠慮がないな。上級生かつ先輩かつ部長かつ俺様に忌憚なく意見してくるとは」

「上級生と先輩と部長までは認めますけど、俺様のところには同意しかねます」

「俺様はオレマンだから仕方がないのだ。いわば仕様だ」

「なんですかそのオレマンって。わけわかりませんよ。そもそもネーミング、ダサいですよ」

「おい恵。――オレマン、ダサいとさ」

部長は恵さんに話題を振った。ずるい。

「えー？　オレマンかっこいいですよー？」

本棚の陰からぴょこっと顔が出てくる。ほらやっぱり恵さんは部長の味方だ。

「ダサカッコいいと、タマ、思うです」

ポテチをぱりっと鳴らして、タマさんも言う。

「ええっ？」

わたしは驚いた。少数派だった!?

「いいですよ。あとで烈斗先輩が来たら聞いてみますから」

「仮にレッドが一票を投じてもまだ少数派なんじゃないのか」

「じゃあ葉月！　葉月なら一票をきっと入れてくれます！」

「あいつは部員じゃないだろう」

「タマもアンコつれてくるですか？　アンコ、オレマンの大ファンですよ」

「おう。こいこい」

「助っ人なんてずるいですよ！」

わたしは怒鳴った。部長は自分が不利になるとすぐズルをするのだ。

「やっぱおまえ。おもしろいよな」

「おもしろくないです」

「じゃあ可愛いよな」

「か⁉　かわいくなんてないです！」

「うはは。やっぱおもしれえ」

「あうー……」

熱くなったほっぺたを両手で押さえて、わたしは黙りこくった。なにを言ってもオモチャにされてしまう。

恵さんのお茶が皆の前に出回った。

部長がお茶を要求すると、恵さんは必ず全員分を淹れてくれる。わたしも飲みたいなー、と思っていたところなので、ちょうどよかった。お茶を飲みたくなっても、部長みたいに厚かましく要求なんてできないし……。

カップを半分も空けた頃、わたしはさっきの話をまた始めた。

「だからオレマンってなんなんですか」

「これは第二段階だな」

「なんですか段階って。第二があるなら第三とかもあるっていうんですか」

「見たいのか？」

「え？　いえっ……。あ、あるんだ」

「オレマンですー！　第三段階ですー!!」

「うわぁびっくりした！」

恵さんがいきなり黄色い声をあげたので、わたしはびっくりした。

あのおしとやかな恵さんが、どこの女の子？　──と思うくらい、ミーハーにはしゃいでいる。

「よしおまえを絶望させてやろう。第三段階どころじゃないぞ。じつは第四段階もあるんだ。俺はまだあと二つも変身を残している」

「な、なにを、どう、ぜ、絶望しろっていうんですか……？」

わたしはたじろいだ。

でもそれを部長に悟られないように、あくまでクールに受け答えをする。

「い、い、いいですよ……？　み、見せるなら……、う、受けて立ちますよ……？」

「やっぱやめとくか。おまえごときに。もったいない」

だが部長はあっさりとそう言った。

ま──!?　また!!　からかわれたー!?

そっち貼って
くださーい
これ…
カッコいいんですか？

ミニ知識

オレマン

平和的敗北主義者の四ノ宮京夜が「変身」をした状態。性格が豹変して顔つきも変わる。変身状態にはいくつかの段階がある。第一段階では一人称が「オレ」にかわる。第二段階では他人を呼び捨てする俺様キャラとなる。第三段階ともなると一人称が「私」の貴公子キャラとなる。そして第四段階は、穏やかな心を持ちながら殺意によって目覚める、伝説の最強戦士。

後輩の話

いつもの日曜。いつものファミレス。すっかり指定席っぽくなってしまっている、いつものボックス席。

　京夜は真央に相談を持ちかけていた。

「なんか嫌われている感じがするんですよねー。気のせいかもしれませんがー」

今日は真央と二人だけ。差し向かいになって座っている。

「しかし二代目キョロができるとはな……。やべ。ちょっと見てみてぇ」

「いっぺん遊びに来てくださいよ。タマも喜びますよ」

「いや。それはまかりならん」

――と、真央は手をかざしてストップの姿勢。

「まーたおまえ、掟やぶりをすすめやがって……。その気になっちまうだろ」

「なってくださいって」

「いいや。ならん。――知らん顔したやつが先輩ヅラして遊びに来てみロ。GJ部のゆるふわな空気が台無しだ。わたしら楽しくとも、その新しく入った後輩はたまらんだろ。わたしらは卒業したんだから。あの空間を後進に譲るのが筋ってもんだ。GJ部の掟だ」

彼女の言葉を京夜は聞いていた。

聞き終わってから、しばらく考える。

真央の言葉の意味が染み渡ってくる。考えが足らなかったのは自分のほうだと、だんだんわかってくる。

「そっか。僕や恵ちゃんやタマやレッドはともかく、キョロ子は面識がないんですね」

「キョロ子？　なんで〝子〟？　あとレッドって？　だれそいつ？」

「烈斗ですよ。赤井烈斗。運動部と掛け持ちで部員になってます。毎日は来てませんが」

「ああ。ぎうにうナイトか。あいつは確かに見込みがあったな。――なんだキョロ。おまえまだあいつとメグを奪い合っているのか」

「いえ奪いあっていませんけど」

その話題は笑顔で軽く流して――。

京夜はさっきから味わっている変な気持ちのことを考えた。部長に名前を呼ばれると、なんだかへんな感じがしてしまう。

「どした？　笑って？」

「いえ。その〝キョロ〟って呼びかた、なんだか落ちつくなぁ――って」

「じゃあおまえ、いつもなんて呼ばれてんの？」

「そりゃ〝部長〟――って」

「うっわぁ。似合わねー」

「部……真央が指名したんでしょう。僕を部長に」

「そりゃそうだケド……。でも想像つかねー。草食系かつ敗北主義者の部長か。……うむ」

「いえ。オレマンのほうで通してますから。草食系じゃないです。普通にGJ部の部長っぽいです」

「どういう意味だ？　そのGJ部の部長っぽいってのは？　そういやさっき――自分が嫌われているんじゃないかとか、言ってたな？　なんに誰に？　なんでどうして？」

「その後輩のキョロ子にです。GJ部の部長っぽいっていうのは……。ええと。なんて言ったらいいのかな……。横暴だったり、気まぐれだったり……？」

「なんで横暴だとGJ部の部長っぽいんだ？」

「真央を見習ったんですよ」

　がぶり。

「うっわ！　噛んだ！　噛まれた！　ひさしぶりに噛まれた！　――ってマジ痛いです痛い痛い痛い！」

　しばらくして真央の顎がようやく外れる。手の甲には、しっかりと歯形が残った。

「ちょっとマテ。その新入部員の〝キョロ子〟ってのは――〝子〟ってつくからには、女の子なワケ？」

口元をハンカチでぬぐいつつ、真央はそう言ってきた。

「ええそうですけど。言ってませんでした？　僕が女装させられたときの姿があるじゃないですか。本当にあれとそっくりで……」

「ひでえ」

「えっ？」

京夜はぎょっとなった。

「おまえはあれか！　女の子に〝退屈だから芸をしろ〟とかゆってるわけか！　あと不思議な踊りを踊らせていたりするのか！」

「いえ、あの……。どちらもやりましたけど……？　え？　でも僕は部長を見習って……」

「部長じゃナイ！」

ぺしっと、頭を上から下に打ち抜かれる。

「ま、真央を……、真央だってやってたじゃないですかぁ……」

「わたしのようなミニマムでラブリーな美少女がやれば許されることでも、男のおまえがやってたら、当然、許されんだろ！　しかも女の子相手に！　鬼かッ！　おまえはッ！」

「えっ？　ええ～っ……？」

さーっと顔から血の気が引いた。青ざめてゆくのが。自分でも。わかった。

どーしよー……。

許されんだろ
コーヒーどうですかー?

ミニ知識
美少女がやるとOKだけど男がやるとNGなこと

「無茶なワガママを言う」「噛む」「膝を枕にして寝る」「退屈だからなにかしろ」「おもしろいことを言え」「ワカメのように踊れ」「髪型変えたら気づいて褒めろ」「こわい夢見たからいますぐ家に来い」「その本面白そーじゃん先に読ませろ」「そこに寝ろ踏んでやるから」「ザブトン全部取れ」「体育館前の水道の水が飲みたいいますぐ汲んでこい」

いつもの部長①

いつもの放課後。いつもの旧校舎。

横暴部長の君臨するＧＪ部の部室。……のはずなんだけど。

「ねえ部長」

わたしは部長に声をかけた。

丸テーブルの斜め前方に座る部長は、びくぅぅ、と、目でわかるほどに動揺していた。

それでも部長がまるで聞こえていないようなふりを続けるものだから、もういっぺん、声をかける。

「だから部長」

「な、なにかな……？」

「さっきから変ですよ。さっきから――っていうよりも、今日はもうずっと。はじめから」

「な、なにが変だっていうのかな……？」

部長はおどおどとした声で訊いてくる。

そういえば、どこが変なんだろう？　訊かれると逆に考えてしまう。えーと……。

「そうですね。……無茶なことを言ってこないです。たとえば芸をしろだとか」

「げ、芸をしろってのは、言ったことなかったんじゃないかな……？　ほ、ほらっ、面白いことを言えとかワカメ踊りしろとか、そういうことなら言ったかもしれんが」

「それ充分にひどいです。てゆうか。それが芸なんじゃないんですか？」

自分で言って、自分で気づいた。ああつまり、なにが変なのかというと——。

「今日の部長。ひどくないです。そこが変なんです」

「そ、それって……、いつものぼ——いや俺は、〝ひどい〟ってことになるのかな？」

「それ以外になにがあるっていうんですか」

なんかおどおどする部長に違和感を感じながらも、わたしは皆に話題を振った。

「ね。——ですよね？」

「そうです。センパイはひどいです。最近タマにポテチくれないです」

「ええ。京夜くんは、ひど、ひどく後輩想いですよねー」

女子の連帯力はこういう時に発揮される。恵さんのは、なんかちょっと違う気もするけど。

「あと部長。いまさらですけど。ついでだから言いますが。漫画雑誌——それ、逆さまです」

「う、うわっち！」

部長は慌てて雑誌を持ち替えた。

「だからいったいどうしたんですか部長」

「いや……。ちょっと思うところがあってだな」

「思うところって、なんですか？　具体的に言ってもらわないと、わけわかりませんよ」

「いや……、ひょっとして、と思ったのだが。俺はこれまでおまえに厳しすぎたかもしれん」

「ワガママとか気まぐれとか思いつきとかで、ずいぶんな目にあいましたけど。それを厳しいとかそんなふうに言い換えるのってごまかしですよね。男の人ってそういうことするんですか」

わたしの口調は、ついつい、きついものになってゆく。

オレオレ主義の部長がヘコんでいるところなんて、そうそう見られるものではない。

実際のところは――といえば、じつはあまり嫌ではなかった。ちょっと鬱陶しいなぁ、とか思うことはあっても、先輩なりの親愛の情だということくらいは、わかっていたし……。

「そ、そうだ……。おまえに特別に俺の宝物をやろう」

部長はポケットから十円玉を取り出した。

「ギザ十だ。どうだ見たことあるか。昔の十円玉は、そんなふうにギザギザになっていて――」

「いりません」

わたしは一言のもとに断った。いらないし。なんでそれが宝物？　ぜんぜん。わっかんない。

「よ。よしわかった。――今週号の漫画だが。特別に先に読んでもいいぞ」

「イラついてる部長に急かされながら読んでも落ち着きませんし。遠慮します」

「そうだ！　ポテチをやろう！」

「タマさんにあげてください」

「ででで、ではおまえに究極のプレゼントをしてやろう！」

部長はテーブルのうえにあったメモ帳を引き寄せ、ボールペンで、さささーっと、なにかを書きつけた。びっと破いて、「んっ」とばかりに突きだしてくる。

「——なんでも言うこと聞く券？　……ですか？」

「そうだ。この寛大なる部長が、お前の言うことを、なんでもひとつ聞いてやろうじゃないか。さあなんでも望みを言うがいい！　ただし一回だけだからな！　一日有効じゃないからな！」

「はあ」

渡された券を、わたしはまじまじと見つめた。これってやっぱり……？　親愛の情の一種？

「なんで今日はこんなに優しいんですか？　……もうっ」

「これまで厳しすぎたと思ったからだ。俺様も一ミリくらいは反省したかもしれん。うん」

「優しい部長とか。なんだか気持ちワルイです」

あっ……。

つい本音を口にしてしまったら、部長はずーんと、見てわかるほどに落ちこんでしまった。

わたしは手の中にある「なんでも言うことを聞く券」を、揉み揉みとやった。紙がすっかり柔らかくなって、書いてある文字もよく見えないくらいになったあとで、部長に突きだした。

「はい。この券使います。——いつもの部長にもどってください」

とはいえ、結局その日は、いつもの部長は帰ってこなかった。

部長は横暴じゃなきゃ
おかしいですよー
まて。
もうちょっとだけ マテー――

ねえ葉月。男の人を
落ちこませちゃったら、
どうしたらいいかな？

……プレゼント？

それはもうやった！
わたしじゃなくて、
あっちが

……優しくする？

それもやった！
もう葉月！　思考回路が
部長とおんなじだよ！

いつもの部長②

いつもの放課後。いつもの旧校舎。

横暴部長の君臨するGJ部の部室。……なんだけど。

「紅茶のおかわり、いかがですかー」

恵さんがティーポットを手に皆のあいだを抜けてゆく。空になっていたカップに魔法のように紅茶が出現する。

「ああ」

丸テーブルにいる部長の返事は、恵さんが通り過ぎてしばらくしてから聞こえてきた。組んだ足を高々とあげて生返事。そしてカップを傾ける。

いつもと同じようなんだけど。やっぱりまだなんとなくいつもとは違っている。

このあいだ部長がキモかった。具体的には優しかった。優しいとはいっても、自然でエレガントで憧れてしまうような優しさではなくて、不自然でぎくしゃくしていて取ってつけたようにキモチわるいほう。

「今日は木曜日ですよね。部長」

「ああ。そうだな」

わたしが訊く。部長が答える。

月曜と水曜と金曜のあいだには、それぞれ谷間があって、それはわたしにとっては危険な日だった。なんの谷間なのかといえば、週刊漫画が発売されない日だったりする。やることが漫画雑誌一冊分ほど減った部長は、「暇だぞ」とか言いだすことになるわけだ。

今日は木曜。谷間の日。危険な日。……のはずなんだけど。

部長はいまいち元気がない。

このあいだみたいに挙動不審になって、あれやこれや物をくれようとしたりして、おかしくなってはいないけど……。いつもの部長とは言いがたい。いつもの部長というのは、つまり、オレオレ主義で横暴だという意味だ。

「だいたい部長って極端なんですよ。オレオレ風吹かせてエラそうかと思えば、急に優しくなったりして」

「気持ち悪いと言われたからな。あれは……、やめにした」

「やめておいてください。女の子のツンデレは可愛いのかもしれませんけど。男のツンデレは単に気持ち悪いだけですから」

「ツンデレ……だとっ!?」

部長はなにか愕然とした声をあげている。

「い、い、いっ、いつ俺がツンデレをやった!?　何時何分何秒だ!?」

え？　あれれっ？　……自覚なかったのかな？

「ツンデレじゃないんですか？」

「おおお俺がいつデレたとゆーのだ!?」

「あれでも〝ツンデレ〟って、いつもキツい人が、たまに優しくなること――で、いいんですよね？　これ合ってますよね？」

わたしは皆に話を振った。

「京夜くんはツンデレさんだったんですねー。お姉ちゃんとおんなじですねー」

「にゃあ」

恵さんが言う。タマさんが鳴く。証言が二つ揃う。

「だいたい部長の優しいは、それ変ですよ。物くれるのが優しいことなんですか。ほかに優しいはないいんですか。普段優しいことをしないから、急に優しいことをしようとするから、おかしなことになるんですよ」

「京夜くんは普段から優しい人ですよー」

「そうですね。去年までの部長は優しかったです。ポテチの袋あけてくれたです」

恵さんが証言をする。タマさんも鳴かずに人語で証言をしてくる。

あれれっ？

「わかった。慣れないことをしなけりゃいいんだろ。恵。あれ出してくれ」

「はい。あれですねー」

「？？？」

わたしが見ていると、戸棚から出てきたのはヘアブラシ。手に持ったそれを、とんとんと揺すり立てて、もう片方の手で、膝をぱしぱしと叩く。

「こいよ。――髪。とかしてやる」

「うっわぁ」

わたしはあからさまに嫌な顔をした。

「部長って……、嫌がらせはしてきても、セクハラだけはしない人だと思ってました」

「え？　えーっ……？　いや俺……でも？　だってこれはべつにいつも普通に……？」

なぜか部長は愕然とした顔になっている。なんでそこで愕然としているのか、わたしにはこれっぽっちもわからない。女の子の髪をとかそうとするなんて――。セクハラで訴えられたって仕方がない。

「京夜くん！　京夜くん！　わたし一番です！」

「タマ二番です！」

――と思ったんだけど。恵さんとタマさんが競うように待合席を作っている。

えっ？　あれれっ？

わたしはあくまで断るべきか、それとも三番目に並ぶべきか、だいぶ長いこと悩み続けた。

ミニ知識 グルーミング

ＧＪ部(グッジョぶ)ではブラッシングのことを「グルーミング」と呼ぶ。名前の由来(ゆらい)は、はじめ、部室においてブラッシングを受けていたのが天使真央(あまつかまお)であったから、という説(せつ)が濃厚(のうこう)。ハムスターっぽい小動物(しょうどうぶつ)が毛づくろいを受けていたなら、それはグルーミングと呼ぶべきであろう。

タイが曲がっていてよ

いつもの放課後。いつもの部室。

「遅くなりましたー」

ちょっと遅れて部室にやってきたわたしは、走ってきて乱れた髪を、ささっと整えてから、がらりと戸を開いた。

「……あれっ？」

部屋の中の様子がいつもと違う。皆がいない。かわりに女の人が、一人、立っている。

「えっと？　あれっ？　あの、えーと……。どなたですか？」

その女の人は、どこか見覚えのある雰囲気を持っていた。なんだか他人とは思えない。

肩を越えて二の腕くらいまである長い髪。まっすぐな直毛で、ロングヘアにはすごく向いているんだけど、髪型の選択肢が少なくて、本人的にはちょっとつまらない髪――。って。なんでわたし、そんなことがわかるんだろ？

「貴女がキョロ子ちゃんね」

その女の人は上品に微笑んだ。口元に指先を持っていって薄く微笑むその仕草が、とても決まっている。

女の人は間違いなく年上で——たぶん三年生くらい。そっか。上履きの色を見ればいいんだ。やっぱりそうだ。三年生だ。

「あ、ほら……」

彼女の手がすうっと私の首筋に伸びてきた。

わたしはなにがなんだかわからずに、身を固めて、すぐ間近にきた彼女の顔を下から見上げるばかりだった。グロスの乗った唇が、すごく大人っぽく見える。

「……タイが曲がっていてよ」

「あっ。はいっ。あのっ。そのっ。ありがとうございますっ」

彼女の手でネクタイを直してもらって、わたしは腰を直角に折り曲げてお辞儀をした。

「そのわたしっ、急いで走ってきたからっ」

言わなくてもよい言い訳を力説してしまっても、彼女は笑ったりせず、柔和に微笑むばかり。

大人の女の人の余裕を感じる。

「いけない。髪も乱れているわ」

「えっ？」

わたしは慌てて頭を押さえた。やだ。やっぱり。どうしよう。

「ここにお座りなさい」

と、彼女は椅子の一つを示して、そう言った。

そして戸棚に歩いて行くと、ヘアブラシを取り出す。どうしてそこにブラシがあるとわかったのだろう？　彼女はまったく探すことなく、最初に開けた引き出しからブラシを持ち帰ってきた。

「彼が言ってたわ。貴女の髪に触れさせても貰えなかったって」

「え？　彼……って？」

椅子に座ったわたしは、身をねじって、振り向き加減に彼女を訊いた。

「セクハラだって、怒られちゃったって」

「あ。部長ですか」

そう。信じらんない。男の人が女の子の髪を梳かすとか。ぜったいにおかしいよね？

「あっ、あの……、お姉様は、部長のお知り合い……とかですか？　親戚……とか？」

「さあ……？　ご想像におまかせするわ」

お姉様は謎めいた微笑みを浮かべた。

でもなんで部長の親戚だなんて思っちゃったんだろ？　……そっか。似てるんだ。目元とか。顔の形とか。

「手櫛から……、いいかしら」

「あっ。はい」

お姉様の手がうなじから入っていって、髪の中で動く。

「ふわっ……」

わたしは思わず声をあげてしまっていた。お姉様に変に思われていないだろうか、と心配になる。頬が熱くなる。

「私ね。彼から聞いていたの。私とそっくりな女の子がいるって」

「えっ？　そんなわたし――そっくりだなんて！　わたしお姉様みたいに美人じゃないです」

「わからないわよ？　貴女だってあと二年もしたら？」

お姉様は一回前に回ると、鏡を開いてそこに立てかけた。部室の隅っこにしまいこまれていた化粧用の三面鏡だ。お姉様は部室のどこになにがあるのか、すべて熟知しているようだった。

「ほら。見て」

鏡の中で、わたしの顔とお姉様の顔とが、上下に並んでいる。

「うわあ……」

最初にお姉様を見たとき、なぜ見覚えがあると思ったのか。他人と思えない感じがしたのはなぜなのか。すべてわかった。

「ブラシ。入れるわよ？」

「は。はいっ」

わたしは唇をきゅっと引き結んだ。

声だけは洩らすまいと、固く誓った。

タイが曲がっていてよ

葉月葉月きいてきいてきいて
わたしわたしお姉様とお姉様
とお姉様とっ。

どうどう。

なによもう
葉月のいけずー！

いや。聞くけど。まず
そのお姉様ってのは
誰かと——。

お姉様がねっお姉様がねっ！
わたしのこと
カワイイわねって、
きゃーきゃー！　ギャーッ！

あのひとの名は

「部長！　部長！　部長っ！　セクハラ部長！」

　いつもの放課後。いつもの部室。

　わたしは掃除当番が終わるやいなや、部室へと駆け込んでいった。

「四回も言わんでも聞こえる。――あとなんだ。その〝セクハラ部長〟ってのは」

　紅茶を前にゆっくりしていた部長が、顔をしかめながら振り返る。

　その首根っこを掴んで、わたしはがくがくと揺さぶった。

「あのひと誰です！　誰なんです！　おしえてください！　おねがいです！　おしえなかったら部長の秘密をみんなにバラしますからね!!」

「あのひとって誰だ？　あとお願いするのか、それとも脅迫するのか、どっちかひとつにしろ」

「だから部長の親戚の――っ！」

「親戚？」

　部長は首をひねって、そらとぼける。

「おい。恵。お茶をだしてやれ。――ほれ。心が落ち着くやつとか、なんかあったろ」

「はぁい。カモミールがよさげですねー」

恵さんがお茶を淹れてくれる。紅茶じゃなくてハーブティーだ。

出されてきたお茶を、わたしはカップを両手で包みこんで、よく味わった。

くぴくぴ。

「落ちついたか？」

「落ちついたとおもいますけど。でも訊きたいですよ。あのひとはいったい誰なんですか？

ああ……えっと、あのひとっていうのは、昨日、部室にいたひとのことです」

「昨日は俺は来とらんぞ？」

と部長は、恵さんに向けて顎先をしゃくる。

「わたしは……、紅茶の葉を買い出しに行ってましたけど？」

「タマもお休みでした。弟妹弟妹が一人増えて、弟妹弟妹弟になったです。弟妹四人とローテーションで子守りしないとです。四日にいっぺん、これからタマはお休みですにゃ」

「それ弟妹三十人いたら月イチで楽になるんじゃないか？　お父さんお母さんにお願いしとけ」

「なんたる名案！」

「もーセンパイたち！　冗談やってないで。聞いてくださいって」

「聞いてるよ」

「冗談なんかじゃないです。タマ本気です。本気と書いてマジと読むです」

「――で、その自分によく似た美人の女の人が、どうしたって？」

「え？　あれっ？　わたし……それって、もう言ってましたっけ？」

「言ったろ。おまえがいま自分で。その凄い美人に髪を梳かしてもらったとか、どーだとか」

「え？　えっえっ？　……あれれっ？」

わたしは首をひねった。まだろくすっぽ話していないのに――。それとも恵さんのカモミールティーを飲む前に、慌ててたときに、話してたんだっけ？

「質問がないなら。これで終わりにするが」

「あります！　そうですよ!!　あのひとが誰なのか教えてください!!」

「なんで俺が知ってると思う？」

「だって部長！　親戚だって言ってたじゃないですかー!!」

「言ってねえよ」

「え？　あっ!?　そうでした！　部長じゃなくてあのひとが言ってました！　わたしのことを彼から聞いたって――。彼っていうのはこれは部長のことで、だからそれでわたし親戚さんですかって訊いたら、あのひと、ご想像におまかせします、きらりん☆って微笑んだからっ！それって絶対YESって意味ですよね！　そうですよね！　部長だってそう思いますよね！」

わたしは部長の首根っこを摑まえて、がくがくと揺さぶった。

「どうどう。――恵。気分の落ちつくお茶を、おかわりだそうだ」

「はぁい。――うれしいでぇす」

とぽとぽとお茶が注がれて、くぴくぴと飲んだら、わたしはまたすこし落ちつきを戻した。

「ねえ部長……。意地悪しないでくださいよぅ。あのひとのこと、教えてくださいってばぁ」

「さんべん回って、わんと言ったら、考えてやらんこともない」

「う……、そ、それは……」

わたしは悩んだ。悩み抜いた末に……。悪魔との取引に……。

「……。……。……。……わん」

「ふはははは——ッ！　すごい！　すごいぞ！　キョロ子！　いや愉快！　ぶははは!!」

「気が済みましたか？　じゃあ教えて——」

「だが断る」

「——〜〜ッ!!　——ッ!?」

「俺は〝考えてやらんこともない〟と言ったのだ。そして考えた結果、断ることにした。こんな初歩的なレトリックに引っかかるとは、キョロ子、おまえのGJ部魂もまだまだだな」

わたしはがっくりと膝をついた。悪魔と取引すれば、こうなることはわかっていたはずだ。

「だが俺も鬼ではない。——ほらよ」

部長がそこらのメモ帳に、さらさらとなにかを書き綴った。ちぎってよこしてくる。

なにが書かれているのかを見て——わたしはその紙きれを、ぎゅっと胸に大事に抱きしめた。

そこに記されていたのは——メアドだった。

なーにー お兄ちゃん
誰かからメール？
ああ。うん。部活の子

お姉さまはっ、いま、
なにをしていますか？

お風呂から
上がったところよ

きゃー！　きゃー！
きゃあーっ!!

ＧＪ部クイズ

「第一回！　ＧＪ部く～～いずっ！　ぱんぱかぱぁん♪」

いつもの放課後。いつもの部室。

部長が宿題をやっつけているので安心こいていたら、突然、奇声があがって、わたしは超びっくりした。

「な、な、なんですかいきなり！　部長！　びっくりしますよ！　しましたよ！　したんですからねっ！　もうっ！　――てゆうか。いまそれ〝ぱんぱかぱぁん〟って口で言いましたよね。絶対やりましたよね。〝♪〟がついていましたよね。そういうのやっていいのは女子中学生までですから。部長は男子かつ高校生ですから断然アウトの側です」

「さて第一問。コンビニのドアが開きません。どうしようどうする？」

「スルーしたっ!?」

自分でも力作に思えた糾弾を華麗にスルーされて、わたしは愕然となった。

「さあ解答はっ？」

マイクがわりの丸めたノートをつきつけられて、わたしは慌てた。

「えと？　も、問題っ……問題って、なんでしたっけ？」

「あと十です」

「えっえっ？　ちょ──ちょっと待って！」

「あと九です」

「ええと、ええと……、たしか……」

「あと八な」

「コンビニのドアが開かなかったとき……でしたっけ？」

「あと七」

「え？　ちがいました？　どうしようどうしよう……、め、恵さぁん」

「はぁい。紅茶のおかわりですねー。もうできまぁす」

「あとー……。六！　五！　四！　三！　二！」

「ワープしたあぁ!?」

「はい、一！　ぶぶーっ！」

部長は口を尖らせて「ブー」とか言った。すんごい憎たらしいカオになってやってきた。

あーもうほんとうに！　憎たらしい！

「それでは正解を。タマ先生」

「タマ。他の人のうしろにぴったりくっついて入るですよ」

「えっ？　えええっ？　店の人に壊れてますって言うとかじゃないんですか？　なんで他の人

のうしろに……？」

「そんなこともわからんようでは、訓練されたGJ部部員とはいえませーん」

「だいたいドアって壊れてたんじゃないんですか？」

「壊れてたなんて言っていませーん。開きませんと言いましたーっ」

「なっ――!?　わけわかりませんよ！　おんなじですよ！　部長はいつもそうですよ！　なんでわたしのわかるように言ってくれないんですか！」

「さて第二問」

「きいてくださいよ！　きけー!!」

「ご一緒にポテトはいかがですか、にっこりー」

「ええっ？　それ問題なんですかっ！　なにが問題っ？　ああそうか！　カモられてポテト買わされるかどうかってことですね。NOです！　否！　否否否！　断じて否っ！　女子高生のお小遣いの大切さを思い知りやがれです！」

「では正解を。恵先生」

「はい？　ポテトですか？　そうですね。いただきます」

「カモられてるー!?」

「紫音さんも勧められたら断らない派ですよ？　大人の女は、慎んで頂くものなのです」

恵さんは豊かな胸に手をあてて、えっへん、とやった。

「てゆうか紫音さんって誰ー!?」

「さて第三問」

「ちょ──ちょっと待ったあぁーっ！　第三問はわたしからっ！　わたしから出します！　いいですよね！」

「おう。こいこい。タマ問題。恵問題ときたから。つぎはキョロ子問題限定だかんな」

「それでは第三問！　わたしのクラスの前の席の葉月の弟君は、中学に入ってなんとカノジョができましたーっ！　その子の名前はなんでしょー!?　さーわかりますか！　わかるわけないですよねっ！　ハードモードですから!!　部長も苦しめばいいんです。はいあと十──」

「小森。小手指。霞」

「うっ！　……な、な、なんで当ててくるんですか！　あとなんで三人もいるってわかったんですか！　これ引っかけだったのにっ！」

「ちなみに最初の二人はともかく、最後のは違うからな。おまえの勘違いだ」

「え？　いえでもっ？　葉月からの情報によれば──」

「ちがうからな」

部長はぎょろりと凶悪な目つきで言ってきた。認めねばコロすとその目が云っていた。

「……ハイ」

わたしはうなだれた。負けましたー。出題者、不正解デスー。

葉月！葉月っ！
もっと難しい弟君のヒミツ出題してっ！
ヒミツってなんだ？

CHARACTER PROFILE

キャラクター・プロフィール

【渋井葉月 しぶい・はづき】

キョロ子の友人。ＧＪ部部員というわけではないが、キョロ子からしょっちゅうＧＪ部の話を聞かされているので、ＧＪ部がどんなところかだいたい知っていて、「弟の部活とそっくり」とか思っている。じつはＧＪ部中等部の渋井健太の姉だったりする。

ちょきちょきぺたぺた

いつもの放課後。いつもの部室。

横暴部長の君臨するGJ部の部室において、わたしは戦々恐々としていた。

なぜなら部長が、ちょきちょきぺたぺたと、一心不乱に工作に励んでいるせいだ。

いったいなにを作っているのかはわからない。

材料は画用紙と木の棒。あとセロハンテープ。画用紙を楕円形に切り抜いて、一箇所だけちょこっとツノみたいに尖らせて、そこに木の棒を取り付けている。

そんなものを何枚も何枚も量産している。いったいなんに使う道具なのか、わたしにはその点がまったく見えず、だから戦々恐々としているわけだった。

だって——。

あれぜーったい、わたしに使ってくるよね？　そうだよね!?

「あのですね部長」

わたしはついに口を開いた。聞いたら負け！　だめ京子きいちゃだめ！　——とか心のどこかが叱ってくるが、もう限界。もう訊かずにはいられない。

「これか？　なんに見える？」

「……えっと。……その。……フキダシ？」

わたしは見たままを答えた。

「じゃあそういうことで」

「な、なんですか！　その〝じゃあ〟っていうのは……。正解を教えてくださいよ。気になるじゃないですか！　こわいじゃないですか！」

「こわい？　なぜだ？」

わたしは唇を尖らせつつ――。

「だってそれ……、どうせ……、わたしに……使ってくるんでしょ？」

「ぶぶーっ！」

部長は唇を尖らせて「ブー」とか言った。すんごい憎たらしいカオになってやってきた。

「おい。ちょっと恵。こっちこい」

「はーい。なんですかー？」

とてとてとて、と、恵さんが紅茶基地から歩いてくる。

部長はマジックを一本持って立ち上がると、恵さんの背後に寄り添った。

「京夜くん？　あれあれ？　なんですかー？　わたしにはヒミツなことですかー？」

「いいから前向いてろ」

「はぁい」

部長におでこをこつんとやられて、恵さんはこちらに向いた。

両手を体の前にお行儀よく揃えて、女の子の見本みたいにまっすぐに立つ。

「おいキョロ子。おまえはさっき〝こわい〟と言ったな」

「な……、なんですか？　やるんですか？　い……いいですよ。う……受けて立ちますよ」

「おまえは真の恐怖というものを知らん。俺がこれからそれを教えてやる」

「ど……、ど……、ど……、どういう意味ですかっ？」

わたしは口をぱくぱくとさせた。もう減らず口もでてこない。

「うふふっ。キョロ子ちゃんと京夜くん、いっつも仲がいいですよねー」

恵さんが穏やかな笑顔を浮かべている。

「ほんと。妬けちゃいますねー。……うふふっ」

――にやり。

恵さんの笑顔の隣に、フキダシが現れた。

「ひぃぃぃ！」

わたしは思わず悲鳴をあげていた。め、め、め――恵さんが！　いま！　黒く微笑んだっ!!

「あれえ？　どうしたんですかキョロ子ちゃん？」

――ぷっ。くすくす。

「嗤ってる!!　恵さん嗤ってるウゥ！」

「ねえ京夜くん、なんなんですかー？」

恵さんは部長のほうを振り返る。

「いいから。前向いてろ」

またおでこをこつんとやられて、こちらを向く。

「わかりましたー。キョロ子ちゃんのほうを見ていればいいんですねー」

――くいてえ。

「ヒイイィィ！　たー――たべられるぅ！」

わたしは恐怖した。真の恐怖というものを、いま知った。

すっかり心の折れたわたしの隣に、部長はやってきた。そっと肩に手を置いてきて――。

「おまえは頑張った。この俺の指導に、よくぞついてきた」

「部長っ！」

わたしと部長が青春ごっこをやっていると、恵さんが、ぱん、ぱんと手を打った。

「はいっ。なんだかよくわからないですけど。おしまいです。――はい。お茶にしますよー」

紅茶基地に向かう途中で、恵さんは振り返った。フキダシを手にして――。

「たくさん飲んでくださいね」

――にやり。

ヒイイイイィィ！　――わたしと部長は、二人で抱きあって震えあがった。

ごごごごご

フキダシ危険だから
やめましょーよ！
封印しましょうよ！

そうもいかん。
伝統芸だからな。
先代部長の生み出した技だ。

せ、先代部長って
……恐ろしい人ですね。
悪魔の発明ですよそれ。

カレーのたべかた

　いつもの放課後。いつもの部室。

　横暴部長の君臨するＧＪ部の部室。

「カレーってあるじゃん」

　今日の横暴部長は、突然、そんなことを言いだしてきた。

「ありますけど」

　わたしはちょっと警戒しつつ、そう答えた。この話題、脈絡はないけど、とりたてて横暴というわけでもない。あんまり横暴部長っぽくない？　あれれ？

「おまえ。カレー食うとき、どうする派？」

「へ？」

「そうか。屁をこいてから食う派か。さすがキョロ子。俺の予想の斜め上を行く」

「ちょ――!?　そんなこと言ってませんよ！　捏造するのやめてください！　あと下ネタはだめです部長！　アウトですアウト！」

　部長ってば、黙っていればわりとイケメンなほうなのに――。たまにこういう、セクハラまがいとかオヤジっぽいことを言うから、そこのところで大きく減点だ。

「カレーの食べかたですか？　べつに……、ふつうに食べますけど」

「そのふつうは、本当にふつうなのか？　おまえがふつうと思っているだけで、世間一般的に言ったら、じつはふつうじゃないんじゃないのか？」

「え？」

「タマ。――おまえの〝ふつう〟を言ってみろ」

「タマ肉から食べるですよ。肉さきに食べとかないと奪われたら困りますし。弟妹弟妹より先におかわりできたら、肉だけよそって帰ってくるですよ」

「恵。――おまえの〝ふつう〟は？」

「え？　うちはふつうですよ？　ふつうにソースポットから、すこしずつライスにかけて――」

「うわっ！　なんかハイソ！」

わたしは叫んだ。ソースポットっていうのは、よく知らないけど――高いレストランとかでカレーを頼むとでてくるあの銀色の細長い器のことだろうか。

「な？　わかったか？」

なるほどたしかに、家ごとに流儀が違っている。それをみんな〝ふつう〟だと思っている。

「……じゃあ部長はどうなんですか？」

「俺はだな、こう、スプーンの上に、ルーとライスとを、きっちり半分ずつ乗せて食べているわけだ。そしたらうちの妹君にだな。お兄ちゃんそんな食べかたして信じらんない！　と叱

られてしまってだな。俺のなかの〝ふつう〟が揺らいでしまったというか……」

「なんかずいぶんきっちり計画的に食べてますね。なんでそんなことしてるんですか？」

「ルーが余ってもライスが余っても、どっちも困るだろ」

「足りなくなった片方、おかわりすればいいじゃないですか。おかわりないんですか？　それともしないんですか？」

「いや。あるが……。するが……。おかわりしたときにも、また、ライスとルーを、きっちり半分ずつよそってきてだな」

「うわぁ。なんかセコい……」

「セ、セコ……」

「妹さんが怒るのも、わかる気がします。わたしも嫌かも～。お兄さんがそんなふうに食べてたら」

「そ、そうなのか……」

部長はずーんと落ちこんでいた。最近、部長が落ちこむところを見ることが、わたしの密やかな楽しみとなっている。

いつもはあんなに強気でオレオレ言っててエラそうなのに、落ちこんだときには、一瞬だけ、なんかふつうの男の子みたいなカオをするのだ。

「部長、気にしなくていいですよ。自分のふつうで食べたらいいんだと思います」

今回は本気で落ちこんじゃっているみたいなので、わたしはつい、優しい言葉をかけた。

「そうだ。そういえば。おまえはどういうふうに食ってるんだよ？　おまえがうちの部じゃ、いちばん平凡そうだからな。さあ。吐け。白状しろ」

「え？　わたし？　わたしは、だから……ふつうですよ？」

「だから、ふつうってのはどんなんだと訊いている」

「いえですから、ふつうに……、最初にルーとご飯とを、よく混ぜ混ぜとやってですね。白いところを完全になくしてから、どこからでも、好きなところから食べます」

「混ぜ？　え？　おい？　混ぜるのか？　なんでどうして？」

「そりゃ混ぜますよ。だってカレーでしょ」

「いや混ぜんだろ。ふつう」

「混ぜますよー」

「いやマテ。だから個々の〝ふつう〟は信頼できんということが判明したわけだ。おまえの食べかたを〝おかしい〟とまでは言わんが、それをふつうと言い張るのもどうかと思う」

「でもインドの人はまぜて食べてますよ。だからふつうなんじゃないんですか」

「え？　ええっ？　そ……、そっか。そうなのかな……」

部長は納得したようだった。

あれれ？　わたし？　部長から一本取っちゃった？

お兄ちゃん
信じらんない！
これもだめなんだね…

ミニ知識

カレーライス

カレーはインドを発祥の地とする料理。世界各地に広がって、各国で別物と呼べるような料理へと発展していった。現在、日本で食されている形のライスにカレーをかけて食べる「カレーライス」は、日本海軍にルーツがあるという説が有力である。なお比較的新しい料理であるカレーライスには、「正しい食べかた」というものはない。各人がもっとも美味しいと思う食べかたが、その人にとっての「正しい食べかた」といえるだろう。

キョロ子は見ていた

いつもの放課後。いつもの部室。
横暴部長の君臨するGJ部の部室。

「ねえ部長」

狙いすましたタイミングでもって、わたしは部長に話しかけた。

具体的には、紅茶も出てきて、お菓子の袋もオープンされて、部長がいちばん油断こいている、その瞬間。

「おう。なんだー?」

「あのですね。部長ってこのあいだ女の人と街を歩いていましたよね」

わたしは見てしまったのだ。目撃者となってしまったのだ。

「このあいだっていつだよ?」

「このあいだの日曜ですよ」

「さあ覚えがねえなぁ」

部長はしらばっくれている。

「ほらすごく長い黒髪の。すごい美人の。本屋さんでわたし見たんですから」

「おまえはストーカーか」

「ちがいますよ。部長に似た人がいたんで、あれれっ？　部長かな、って思って、あとをつけただけです」

「やっぱストーカーじゃん」

「葉月からいまどこーってメッセージきたけど心を鬼にして追跡続行です」

「鬼だな。友達おいてけぼりかよ。その友達かわいそうだな」

「パフェ高かったです」

「食い物で許してもらったわけか」

「プリンのってないやつなら百円安いのにプリンがのると高いんですよね」

「そうか大変だな」

「大魔人パズーの怒りはプリンを捧げなければ収まらないのです。——ていうより。プリンの話はどーでもよくて。部長が女の人と歩いていた件についてです」

わたしは話を元に戻した。部長の脱線工作には乗ってやらない。

「さっきお前は〝俺と似た人〟って言っていたぞ。俺に似た人だったら、やっぱりそれは俺に似ていただけの別人だったんじゃないのか？」

「先週の日曜じゃなくて、そのだいぶ前にも、やっぱり別の女の人と歩いてましたよね」

「いきなり飛ぶな。話が」

「シラを切ったってダメです。ほらっ。すごい背の大きな――。金髪のっ」

「だから知らんって」

追及する視線から逃れるように、部長は首をあっちに向けた。

わたしは椅子に乗ったままガタガタと床の上を移動して、あくまで、部長の前に陣取った。

「あとをつけたら、ななな、なんと！　焼肉屋さんに入っていきましたっ！　駅前のはずれの食べ放題のところ！」

「ああ。あそこ食べ放題、やめるんだってな」

部長は世間話に応じるみたいに言ってくる。決定的証拠を握られたというのに、まるで動揺が見られない。ほんと。憎ったらしい。

「ねーねー。ちょっとー。恵さーん。なにか言ってやってくださいよー」

わたしは恵さんに声をかけた。いま恵さんは紅茶基地でおかわりの準備中。

「はーい。もうすぐですからねー。待っててくださいねー」

恵さんもまったく気にしていない。

「ちょ――恵さん。いいんですかっ？　部長が女の人と歩いていたんですよ！」

二人は夫婦みたいな雰囲気なんだけど……。実際のところはどうなのか……。わたしにはよくわかっていない。

「いい奥さんは、気にしないものなんですよー」

恵さんはそう返してきた。指を立てて唇にあて、秘密めいた微笑みを浮かべる。

「タマ思うのですよ。きっと三人までなら許されるのですよ」

「そう！　三人目もいたんです！　前の前の前の週には、部長はまた違う女の子と歩いていたのです！　信じられますか！　なんと幼女でした！」

「おまえ。ヒマなのな」

「部長ロリコン疑惑発生です！　たいへんたいへん！　どうしようどうしますか！」

びしりと指さして、わたしは糾弾した。

「だからそれは全部別人なんじゃないのか？　本当に俺だったか？」

部長がまったく悪びれもせずに言ってくるものだから……。わたしの確信もすこし揺らいだ。

「そりゃあ……、たしかに……、なんか感じが違いましたけど……。なんていうか、その……草食っぽいっていうか……。でもでも！　なんとなく部長っぽいところもあったから！　あれは絶対部長ですよ！」

「そいつはオレオレ言っていたのか？」

「え？　そういえば……〝僕〟って言ってたかなぁ。そう聞こえてきたような」

「ほうらみろ」

「そうなのかなぁ……」

納得したものの、うまく言いくるめられてしまったという気が、どうにもならなかった。

このあいだつけて
きていた少女は、あれは
ＧＪ部の新入生かな。

わたしんときにもいたな。
バレバレの尾行だったな。

しんにゅう。ぶいんの。
におい？

キョロ子の逆襲

いつもの放課後。いつもの旧校舎。

横暴部長の君臨するGJ部の部室。

その日のわたしは、横暴部長から一本取ってやろうと、虎視眈々とその機会を狙っていた。

え？　陰湿？　そんなことナイよ。これもGJ部の部活動だよ。

「恵さん。恵さん」

紅茶基地でお茶の準備をしている恵さんのところに、わたしはとてててー、と駆けていった。

「はいなんですか。キョロ子ちゃん」

いつもニコニコ。エンジェル恵さんの耳元に、こしょこしょと作戦を吹きこむ。

「はい？　え？　そう言ってくればいいんですか？」

恵さんは小首を傾げて、よくわからないといった顔。

わたしは手および全身で「それでいいんですGOですGO！」とサインを送った。

恵さんは出来上がったばかりの紅茶をお盆にのせて、部長のもとへと運んでゆく。

そっと邪魔にならない角度からカップを置きにいって、そこに紅茶を注ぎながら——。

「はい。お茶どーぞ。あなた」

がたがたがたん、と椅子が鳴った。

信じられない、といった顔で、部長が恵さんを見上げている。

「――イエスっ‼」

わたしは思わずガッツポーズを取っていた。

部長がうろたえている。あの部長がキョドってる！

「どうしたんですか？　あなた？」

恵さんがきょとんと首を傾げて、部長に聞く。部長は右を見て左を見て、なにを探しているのかわからないが、視線が宙をさまよいまくる。

「や、や、や……やめれっ」

噛んでるし。

紅茶基地の陰から覗いていたわたしは、声もだせず、その場でじたばたと足踏みしていた。

部長の目がわたしに向いた。わたしが黒幕だと気づいた顔だ。

「やめろ。――やめさせろ！」

わたしはすかさず応戦した。

「なにいってるんですか部長！　部活動ですよ。ＧＪ部魂ですよ」

「おまえにＧＪ部魂がわかるはずがない。俺だってＧＪ部魂がわかってくるには何か月も――って！　おい！　恵！　なぜ隣に座りにくる！」

紅茶を注ぎ終えた恵さんは、部長の隣の席に、ちょこんと腰を下ろしていた。

恵さんはあまりテーブル席に座っていることはないけど、座るときには、ちがう席に座る。

部長の真横の席に座るのは――あ。わたしか。

「隣にすわっちゃだめですかー。あなた。夫婦はいつも一緒じゃないんですかー」

恵さんはニコニコと笑っている。

「おい！　これもおまえの仕込みか!?　――キョロ子！」

「へ？」

わたしは、ぱたぱたと手を振って返した。

部長に対して「あなた」と言ってください、とお願いしたのは、それはわたしだ。

だって二人ってば、もうずっと前から変な雰囲気で、「京夜くん」って名前で呼んでる仲で、何十年も連れ添って、落ちついちゃった夫婦みたいで。だったら「あなた」でもいいんじゃないかって、そう思ったことがきっかけだ。

でも隣にお座りするというところまでは、思いつかなかった。

「メグねーさん。座るところ間違えているですよ」

「はい。タマちゃん。なんですかー？」

「座るなら隣じゃなくて、上です。タマいつもセンパイの上に座るですよ。そこが定位置です」

「ああ。はい。――そうでしたー」

恵さんは椅子からお尻をあげた。そのお尻を――。

「だーっ！　膝の上に座りに来るなーっ！」

部長は抵抗を続けた。座らせまいと手で押し返している。

「えー？　タマちゃんはオーケーなのに、奥さんは膝乗りだめですかー？」

「だからおまえはいつ俺の奥さんになった!!」

「メグねーさん。やっちゃうですよ」

「そうですー!!　やれやれー!!」

「えいっ」

恵さんのお尻がついに勝利した。部長の膝の上に恵さんが座る。

「こいつはそういうのわかんないやつなんだから！　けしかけるなっつーの！」

部長はそう言うけど。恵さんがそういうのわかんない女の子だとか。なんで決めつけるかな。

「うふふっ。一度座ってみたかったんですよねー。京夜くんの膝のうえ」

「ほら戻ってますって恵さん」

「あっ。いっけない。――あ、な、た」

恵さんは部長の首筋に腕を巻きつけ、ちょっと頬を染めて、そう言った。

部長のほうも憮然とした顔つきだったが――。やっぱりちょっと、頬が赤く染まっているように、わたしには見えた。

はい どーぞ あなた
やめれ

まず訊こう。おまえは
わかってやっているのか、
どうなのか。

なんですか？　京夜くん？

だから。からかって
面白がっているだけなのか、
それとも——。

ああ。はい。こうですね。
……あ、な、た。

血い

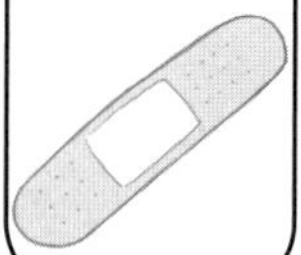

「あいたっ」

いつもの放課後。いつもの部室。

わたしは小さく声をもらした。

「どーしたー？」

今日はサンデーの日。漫画雑誌を読んでいた部長が、雑誌から目もあげないで訊いてくる。

「いえべつに。紙の端っこって、やですよね」

わたしは答えた。新品のコピー用紙をさばいていたところだった。なんでも〝部札〟とかいうものを刷るのに大量に必要なのだとか。部札ってなんですか。ほんと。わけわっかんない。

「どーゆー意味だー？」

「あ。いけない。汚しちゃう」

べつにたいしたことはなかったんだけど、紙が真っ赤になっちゃうのは、それはマズい。わたしはティッシュを探した。だがあいにく近くには見当たらなかった。

「なんだよ？　どうしたんだよ。――って！　おまえ！　それっ!?」

ようやくこっちを向いてきた部長が、なんだか大声をあげている。

「部長、ティッシュそこらにないですか」

指の腹にぷくーと溜まった血の玉のバランスを取りながら、わたしは部長にそう訊いた。

「おま!?　血!?　それ!?　血!?」

部長はふだん聞かない類いの大声をあげていた。男の人の悲鳴ってこんな感じ？

「ああだいじょうぶですから。ちょっと深く切っちゃって血だけ派手にでているだけですから。そんなに痛くありませんから」

わたしは部長を落ちつかせるためにそう言った。なんでそんな指切ってちょっと血が出たくらいで騒ぐかな。

「いやでもおま――っ!?　それ――!?　血!?　血ぃ――!?　そんなに!?　出てっ!?」

しかし部長はまったく落ちついてくれなかった。

それどころか、さらに大慌てになってゆく。椅子から転げ落ちるくらいにビビりまくっている。

「えーと。ばんそーこー。絆創膏……。きゅうきゅうばこ。救急箱……」

恵さんが救急箱を探しにかかってくれている。戸棚の下のほうをごそごそとやっている。大きなお尻がこちらに向いている。

指の腹を上に向けたままで動けないわたしは、突っ立ったままで、待っているばかりだ。

「そんなの吸っとけば治るですよ」

ソファーでくつろいでいたタマさんが、ぼそっと言って、またころんと寝転がる。

ですよ。ねえ。

部長ってば。なにパニくっているんだか。

「そ！　そ！　それはバイ菌が入るからよくないってきいたぞ！　きいたんだからな！」

「はいはい。いいから部長。そこの後ろのティッシュ取ってください。そろそろこれ、決壊しそうなんですけどー」

わたしは指の腹に乗った血の玉を、部長に向けた。

「む！　む！　む！　――無理ッ！　それ俺無理！　ぜったいムリっ！」

「誰も吸ってなんて言ってませんから」

部長はまったく正気に返らない。

なんでだろ。男の人って慣れてないのかな。血とか。

「救急箱。ありましたー」

恵さんが救急箱を持ってきてくれた。埃をはらっている。だいじょうぶだろうか。

「か、かせっ――」

部長が奪い取る勢いで救急箱を手にする。部長が手当てしてくれるみたい。

いちばん落ちついていて、血を怖がっていない人にやってもらいたいところなんだけど。

「ぶ、部長だからなっ！　お、お、俺がやらないと――！」

自分に言い聞かせるように叫んでいる部長が、なんとなくかわいく思えて、わたしは仕方なく部長と向かい合うように座った。

ティッシュで血を吸う。消毒薬をしゅっしゅっ。あれだけビビっていた割には手が震えるようなこともない。いざやるとなったら躊躇わずに実行。そういえば部長ってそういう人だったっけ。

いま部長は、絆創膏の使用期限の日付を真剣な顔で見つめている。

どうやら期限切れっぽかった。ぽいっとうっちゃる。

絆創膏のかわりに、ガーゼをちょきちょきと小さく切って、傷口に血がまた丸くたまってしまうまえにガーゼで圧迫する。

部長はもの凄く真剣な顔つきだった。手当てされているこちらの息が詰まってしまうほど。

傷口にガーゼを当てた上から、包帯を巻きはじめる。

くるくるくるくる。くるくるくるくる。

——あれれっ？

「部長。ちょっとこれ巻きすぎですよ」

「念には念を入れないとな」

大げさに包帯を巻かれて、大怪我みたいになった指を携えて、わたしはその後、何日かを過ごした。

大怪我？
かすりきず
なんだけど

ミニ知識

痛みと血

男性は女性に比べると「痛み」と「血」に弱いという説がある。その真偽は定かではないが、すくなくとも京夜は、血を見ると取り乱してしまう派である模様。

たべるときのカオ

いつもの放課後。いつもの旧校舎。

横暴部長の君臨するGJ部の部室。

「んー、はむっ、はむっ」

わたしが持ってきたヒヨコのお菓子を、恵さんがぱくぱくと食べている。

「これはじめてたべましたー。むぐっ、あむっ、んー、おいしーですー」

恵さんはほっぺたに手をあてて幸せな顔。

「なんでこんなヒヨコばっかあるんだ」

部長も包み紙をほどいて、一個を囓った。甘いものはあまり好きじゃないと言いながら、出されたものは一個は食べるのが部長という人だ。

「親戚のおじさんがやってくるたびに、わたしのうちにはヒヨコが一ダースずつ増えてゆくんです。おいしいですけど。いつもいつも同じお菓子だと、ちょっとさすがに……」

「すんばらしーですよ！　タマそこんちの子になるですよ！」

タマさんはバリバリと袋をやぶって、ばりばりと食べている。

「まだありますよ」

わたしは次の箱を開(あ)けた。

「いくつあるんだよ」

「おじさん毎週やってきますから。一六年間だと、四かける一二かけることの一六かけるで……。えーと。計算機。計算機……っと。ざっと七六八ダースになりますね。単位をヒヨコにすると、九二一六ヒヨコですか」

自分で計算してみて、自分でびっくりだ。

よし。これから年間二八八ヒヨコくらい部室に持ちこもう。

「おいちょっと待て。これいったいいつのお菓子だ？」

部長は手に持ったお菓子を見つめている。

「大丈夫です。部長。賞味期限(しょうみきげん)っていうのは、味が落ちない期間って意味らしいです。すこしぐらい過ぎても食べられます。こんなのうち的にはぜんぜんオッケーです。ちなみに食べちゃいけない期限のほうは〝消費期限〟っていうらしいです。はい勉強になりましたね」

「センパイ食べないなら、タマぜんぶ食べるですよ」

「ああん。タマちゃん。わたしにも、すこしわけてくださいよう」

「メグねーさん。カロリーだいじょうぶなんですか」

「だいじょうぶです！　きょうは三つまでならオーケーです！」

「あ。どうせならこっちのから開けちゃってください。こっちのが古いです」

「この黄色いアンのところが……、ああん、おいしいですー」

「おい。誰か恵のザブトンぜんぶ取れ」

お菓子に夢中になっていない部長が、一人でなんか言ってる。でも女の子は聞いていない。

恵さんもすっかり女の子の顔になって、ヒヨコを食べている。三個目を食べ終わって四個目を開けにかかっている。三つまでならオーケーって、さっき言ってたんだけど。いいのかな。あれって。

「おいひー」

食べているときの恵さんは、本当に幸せそうな顔をする。

「恵さんも女の子なんですねー。――天上界の生物とかじゃなくて」

〝天上界の生物〟っていうのは、部長がよく使う言葉だ。意味はよくわかんないけどニュアンスはわかる。ちなみにわたしは〝エンジェル恵〟と呼んでいる。意味はたぶんおなじ。

「なに言ってんだ」

と、部長が言った。

「おまえだって物食うとき、メスのカオしてるぜ」

「メ、メス……っ!?」

わたしは愕然となった。

「し――信じらんないです！　メ、メスぅ!?　――ぶ、部長！　いま部長は全人類の半分く

らいを敵に回しましたよ！　具体的には全女性です！」

「なんだ証明しろってか？　――おい恵。ケーキだしてやれ。ヒヨコもらったんだからケーキでお返しするのが筋ってもんだろ」

「ふぁっ？　ふぁーい」

恵さんは紅茶基地に行った。戻ってきたときに、その手にあったのは――。

イチゴショート恵スペシャル！

「さあ召しあがれー」

「そうだ。食え。遠慮なく食え。メスのカオになってむさぼり食え」

「う……。あ……。う……」

わたしは悩んだ。ケーキ。おいしい。恵さんのケーキ。どこのお店よりもおいしい。でも見てる。部長が見てる。ニマニマと見てる。

ああっ。でもっ。でもケーキ。ケーキがこっち見てるの！

わたしは正気を失った。

もぐもぐもぐ。

うまー。

はわわー。

しあーわせー。

～恵～
～キョロ子～

弟

ねーちゃん
ハラへったー！

ヒヨコいっぱい
貰ってきたですよ。
欠食児童どもに
配給ですよー。

妹

わーい！

弟

ねーちゃんこれ
ぜんぶたべていいんか？

好きなだけ食べるですよ。
お姉ちゃんはガッコで
いっぱい食べてきたから、
もうお腹いっぱいなのです。

へ

いつもの放課後。いつもの旧校舎の部室。

「おまえ。へーこいたろ」

GJ部（グッジョぶ）に君臨（くんりん）する横暴（おうぼう）部長が、いきなりそんなことをわたしに言ってきた。

「なっ、なっ、なっ、なっ、なっ……」

わたしは言い返すこともできず、ぱくぱくと口を開け閉（あし）めするばかりだった。

「な……なんてことというんですか女の子に！　信じらんない信じらんない信じらんない！　部長デリカシーないですよ！」

「女とかカンケーねーだろ。へをこいたか。こかなかったか。真実はいつも一つ、だろ」

「し、してませんよっ！」

「いまつっかえたな。怪（あや）しいな」

わたしは大きく息を吸（す）い、こんどはつっかえないように、はっきりと声にした。

「してません！」

「強調するところがますます怪しい」

そんなことを言われたので、こんどはテンションを下（さ）げて、無口系ヒロインっぽく——。

「していないです」

「しれっと言ったな。これはもう決まりでいいな」

ああ言えばこう言う。——まったくもう！

「なにか証拠でもあるんですか」

「おう。あるぞ。俺の風上にいるのは、おまえだからだ」

そう言われて、わたしは指をくわえた。その指をぴっとまっすぐに立ててみる。

いま風は部室の奥から戸口のほうへと流れていた。

「風上にはわたし以外に恵さんもタマさんだっているじゃないですか。なんでわたし一人だけが容疑者になるんですか」

「おおい。恵。おまえ容疑者にされてるぞ」

「はい。なんですかー」

恵さんが紅茶基地から、とてとてと歩いてくる。

「おまえが〝へ〟をこいたと、いまキョロ子のやつが——」

「——言ってないですよ！　言ったの部長じゃないですか！」

「わたし。こいちゃったんですかー？」

「ほら部長のせいですよ！　恵さんが変な言葉覚えちゃった！　どうするんですか！」

「そうだな。じゃあおまえは無実だ。行ってよし。——ああ。あとお茶くれ」

「はぁい」

紅茶のおかわりを頼まれて、恵（めぐみ）さんは紅茶基地へと戻ってゆく。

「じゃあタマ。証人喚問（かんもん）だ。おまえに容疑（ようぎ）が掛かっているぞ」

「はいですにゃ」

タマさんがソファーから、とてとてと歩いてきた。かと思えば、部長の膝（ひざ）の上に、ちょこんとお座りをする。その頭を部長はなんとなく反射的（はんしゃてき）になでなでとやりながら——。

「このなすりつけの達人（たつじん）が、おまえがへをこいたと、自分の罪（つみ）をなすりつけようとしているぞ」

「ひどいです。タマ無実（むじつ）です」

「だな」

「へーこくなら、タマもっとうまくやるですよ。ぜったいバレないようにするです」

「だな。——よし。おまえは無実だ。行ってよし。というわけで、消去法（しょうきょほう）により、おまえが有罪（ゆうざい）確定だ」

部長の指（ゆび）がびしりとわたしに向けられた。

「い、異議（いぎ）——ありです！　そういう部長はどうなんですか！　自分でへをこいて人のせいにしようとしているのかもしれませんよ。——ていうか。絶対そうです！　わたしじゃないんですから部長しかいないじゃないですか！」

「おまえいまふつうに〝へ〟とか〝こく〟とか言ってるぞ」

「紅茶ー、できましたよー。――はい。どうぞ」

「ん。」

「キョロ子ちゃんも、はいどうぞー」

「どうもです」

　わたしは頭を軽くさげた。なんか慣れちゃってあたりまえになっているけど、いつもいつも恵さんにはお世話になっている。

「はい。タマちゃん」

「にゃあ」

　タマさんは鳴き声で返事する。

「はい。烈斗くん」

「いただきます」

「えっ――!?」

　全員の目が、部屋の一箇所に集中した。畳の隅っこのほうに男子が座っている。背中がある。

「烈斗先輩……、い、いたんですかっ!?」

　それは赤井烈斗先輩。運動部との掛け持ち部員で、滅多に顔を出さないレアキャラだ。

「すまん。おれだった」

　畳の隅っこに座る背中が、そう言った。

ばか。ばか。
もうっ 失礼なっ
ばか 部長

ミニ知識

へ

「屁」「おなら」などと呼ばれる。その正体は、食事中に飲みこんだ空気と、食物が大腸内で微生物によって分解されるときに生じるガスの混成物。独特の臭い匂いは硫化水素やアンモニアなどによるもの。これはタンパク質や硫黄を多く含む食品（肉類など）が分解されるときに生じる。

中等部の部室

「じゃじゃーん！」

「じゃじゃーん、ですわ」

「Ta-Da!」

　いつもの放課後。いつもの広々とした部室。

　戸がいきなり開けられて、三人が部室に乱入してきた。

　そのときケンケンは足を机にのせて漫画雑誌を読書中。ジンジンは窓からさまよいこんできていた桜の花びらを、男の子としては細い指先でつまみあげて、わびとさびとを鑑賞中。

　小手指さんは小森さんとおしゃべりをしていたところで、蛍ちゃんはお手玉を投げあげて顔面で受けとめているところだった。

「ひさしぶりー！　みんな！　元気してたーっ!?」

　霞が元気に片手をあげる。

「ひさしぶりもなにも。まだ十日くらいじゃねーか」

　ケンケンがぶすっと言う。

「あっ！　そこ！　せっかくやって来た元先輩かつ元彼女に対して！　冷たすぎる！　あと十

日じゃないよ。三週間は経ってるよ」

「なんの用だよ」

ケンケンがやはりぶすっとした声で言う。ちなみにケンケンが不機嫌そうにしているのは、この場にいる女子たちは、皆、心得ている。

卒業式で泣いちゃったせい。男のコはバツが悪すぎると不機嫌に見えるということを、この場
「制服みせにきてあげたんだよ。どう？　高校のせーふく！　――じゃーん!!」

霞はその場でくるりんと回ってみせた。聖羅とジルもいっぺん、くるりんと回る。

「皆さん似合っていますよ」

真っ先にコメントしたのはスケコマシの資格を持つジンジン。

「ジル。おまえのそれいいな。短ランか」

「えへ。」

「ちょ――あたしにはコメントなしっ!?」

「やっぱりいいですね。その制服。私もそこに行きたいな」

小手指さんがつぶやく。流し目の向かう先はケンケン。もっと学力上げてね、という意味だ。

「ねーねー。ところで部長って、誰がなったの？」

霞が皆にそう訊いた。なにやら高校のほうの元祖GJ部では、前部長が次の部長を指名する方式のようだが――。霞たちはあえて指名を行わず、残る皆の自主性に任せたのだった。

ふいっと——ジンジンが部屋の片隅へ顔を向けた。

「蛍ちゃんが部長です」

「あい」

赤い絣の着物の童女が、お手玉を手に、にまっと笑った。

「な、なんだってー!?」

「うそです」

驚きの声があがった一瞬後に、しれっとジンジンが言う。

「普通に健太が部長で決まりましたよ」

「だ、だまされたー!!」

霞は地団駄を踏んだ。その場で悔しそうに足踏みした。

GJ部で猛修行を積むこと二年間——。ジンジンのGJ部力は、かなりのものとなっていた。

「でもケンケンより、こてさしゅさんのほうが部長に向いてない?」

「私のGJ部魂——とかは、まだまだですから。健太君に訊いても、GJ部魂ってなんなのか、教えてくれないんですよ?」

「そりゃあ……、ねえ」

霞たちは顔を見合わせた。言葉で伝えられるものではない。人はあるとき、知るものなのだ。自分が〝GJ部魂〟を知っているのだということを。

「おめーら、卒業したらこねーんじゃなかったのかよ」

「なにケンケン。まだふてくされてんの」

「ふてくされてねーよ」

はいはいバツが悪いだけだよね、ということは言わずに、霞は腰(こし)に手をあてて、お姉さんのポーズで立った。

「こないよ。――一年生が入ったらね。あたしたちの襲撃(しゅうげき)を受けたくなくば！　早く一年生を捕(つか)まえることっ！」

「べつに来て欲しくねえわけじゃねえけどさ……」

「……やはり〝あれ〟をやらないとだめなんでしょうか」

すっかり観念(かんねん)した顔でジンジンが言う。

「だめでしょ」

「はあ。……あした、ゴミ袋買ってきます」

「お茶がはいりました」

小森(こもり)さんがお盆(ぼん)のうえに人数分のカップをのせてくる。

「こもりんのお茶も、ひさしぶりだよねー」

「いえ。こもりんではなく。小森ですが」

春の陽差しのなか。束(つか)の間(ま)――。昔のＧＪ部中等部が戻ってきた。

ミニ知識

GJ部式部員獲得法

GJ部の伝統的部員勧誘法。黒い袋を用意して、部室の前をたまたま通りがかった犠牲者を速やかに袋詰めにする。部室に運び込み、ドリンク、お菓子、漫画、などにて勧誘。明日も来るという気にさせれば成功。ちなみに実際に試みると「犯罪」なので、よい子は真似をしてはならない。

いつものファストフード店

いつものファストフード店。向かい合って座るいつもの席。

ジンジンと小手指さんは、ポテトとコーヒーを前に、その顔をつきあわせていた。

小手指さんは普段以上に険しい顔。射殺すような目でジンジンに向けている。ジンジンはそんな目線にも気づかずに、小手指さんに相談事を持ちかけていた。

「高校生って、やはり忙しいのでしょうか」

今日はいつもとは逆だった。

呼びだされたのは小手指さんのほう。なんで私が、という顔で、小手指さんは、エンドレスループになるジンジンの話を、ポテトを一本ずつつまみながら聞いている。

しかしそのポテトもそろそろ尽きる。

「なんで私が貴方の恋愛相談に付きあわなくちゃいけないの」

小手指さんは、ジンジンの話を遮るようにして、そう言った。これでも彼女にしてはだいぶ我慢を重ねたほうだ。

「え？　恋愛相談？　いやだなぁ。そんなんじゃないですよ。僕はただ天使先輩の話をしているだけですし」

小手指さんはこめかみを押さえた。わかってないんだ。こいつ。

「――つまり貴方の話をまとめると、待てど暮らせど電話も掛かってこなければメッセージもメールもやってこない。かといって自分から連絡するには気が引ける。向こうには向こうの事情があるのかもしれないしタイミングによっては迷惑になるかもしれない。そもそもそういう執着的な性格って彼女は好まないはず。ぜったい気取らせてはならない。だけど気になる。やはり高校生って忙しいのかな。――というところよね」

「すごい。ぜんぜん聞いてくれてないと思っていたのに。そうですそうです。それで合ってます。完璧です。やっぱり小手指さんに話してよかったな。やっぱりわかってくれた」

笑顔になっているジンジンを、小手指さんは、ぎろりとにらみ殺した。

「率直な意見を言っていいかしら？」

「ええどうぞ」

「自分を見せられているようで――すごく嫌」

「えっ？　どういう意味ですか？」

「そういう悩んで煮詰まる性格が似てるって言ってるの」

「ええっ？　小手指さんはだって戦艦じゃないですか」

「ぶつわよ」

びくう、とジンジンが身をすくませる。

　本当にぶつつもりはなかったが、小手指さんのほうも、そこまでビビられてしまって、なんか気まずさが漂う。

　おほん。――と、咳払いが一つあって、話題を切り替える。

「本当に貴方って、順番が逆よね」

「逆ですか？」

「代償なしに与えるだけで揺るぎもしない境地に先に到達していたくせに、いまさら欲しがってじたばた布団の中で悶えているなんて、まったく逆よ。滑稽よ」

「いえべつに布団の中で悶えたりはしませんが」

「そうなの？　しないの？」

「あのー……。なんだか先ほどからしきりに恋愛方面の話に誘導しようという意図と作為をそこはかとなく感じてしまうのですけど。ですからそういうのじゃないんですってば。だから天使先輩が――」

「連絡。――欲しいんでしょ？」

「ええ。まあ」

「未練たらたらね」

「すいません」

「日曜の午後を台無しにされたわ」

「すいません。……でもその件に関して言わせてもらうと、僕はもう何十回も小手指さんの相談に付きあわされていたわけですけど」

「当然でしょ。貴方は私が困っているときには駆けつけてきてくれなきゃ」

「はあ」

ジンジンはため息ぎみにうなずいた。女系大家族の中で育ったジンジンにとってそれは日常に過ぎなかったからだ。どうして姉ないしは妹ないしは女性という存在は、身近な男性を自分の付属物であるかのように扱うのだろうか。

「ところで周防君。ひとつ確認しておきたいことがあるのだけど」

「なんでしょう」

「貴方はいま天使先輩から連絡をもらえないわけよね。つまり貴方はいま暇ということよね」

「そうなりますね」

「奇遇ね。私も今日は暇なの」

「はあ」

「これからどこか行かない？」

「どこかといいますと」

「前から思っていたのだけど。貴方とは映画の趣味——合いそうよね」

ジンジンの答えは決まっていた。選択肢はないようだった。

～恋愛映画鑑賞中～

今日はありがとう。
なんだかすっきりしたわ。

いえこちらこそ……、
って、え？

どうかした？

そもそも今日は僕の相談
だったわけで……ていうか！
お礼!?　小手指さんがお礼っ!?

貴方。私のことを
なんだと思っていたの？

荷物持ちの日

「あら。きっちりとGJ部時間に来ておりましたわね」

　とある日曜日。とあるショッピングモール。

　待ち合わせ時間はGJ部時間にて、午前十時。

　指定の場所は、一階のコーヒーショップとアイスの店の真ん中あたりのベンチのところ。

「本日はお呼び立ていただき誠に恐悦至極。かくなるうえはどんな無理難題でも果たす所存であります！」

「なんですかいきなり。暑苦しい。貴方そういうキャラじゃなかったでしょう」

　直立不動で力説してくるジンジンのことを、聖羅は細めた目で、不審げに見つめた。

　ジンジンのほうは聖羅をまぶしげに見つめ返している。

　聖羅たちは新学期になってからこちら、四月の頭に一度だけ、OGとしてジンジンたちの部室に遊びにきた。「新一年生が入部したらもう来ない」という公約の通りに、その後は、本当に遊びに来なかった。

　日曜日なのに聖羅の服装は高校の制服だった。霞の兄が通っていたというあの学校の、ちょっと独特なデザインの制服だ。前回のときには、表面上冷静に取り繕ってはいたが、じ

つはまぶしくて正視できなかった。今回はじっくりと見つめることができた。じっくりといっても、失礼になるほどぶしつけな視線は送らない。

中学生のときとは違う、高校生となった彼女の、大人っぽい装いを見つめていると――。

ふいっと、彼女が回った。

体に遅れて、黒い髪の毛先が弧を描く。

「じゃーん……？」

回転を止めた彼女は、いたずらっぽく、そう言った。いつものクールな顔に、すこしだけ、おどけた笑みを浮かべている。

ジンジンが、ぽかーんと口を半開きにしていると――。

「やっぱり。似合いませんわよね。――いまのは忘れなさい」

「い、いえ――そ、そんなこともないですよ」

「ところでそろそろお昼ですわね。ジンジン。貴方。お腹のほうは？」

「え？　いえっ。だいじょうぶです」

ジンジンは直立不動になってそう答えた。

正直をいうと、いまは食べられそうにない。今朝は五時に起きた。起きてからまず最初にやったことは禊ぎだった。井戸の水を何度もかぶった。待ち合わせはＧＪ部時間で午前十時だったので、当然、八時にはショッピングモールに到着していた。でもオープンは十時からで、

中には入れず、ドアの外でずーっと待っていた。警備員の人に変な目で見られた。十時からはこの待ち合わせ場所でスタンばっていた。前後二時間の幅を取るGJ部時間の、うしろのほうの昼十二時になって、聖羅がやってきたわけだ。

もちろん、食べ物なんて喉を通りうるはずがない。

毎日顔を合わせていたときには、こんなふうになるなんて、まったく思わなかった。

「ジンジン。貴方。本当にだいじょうぶ?」

聖羅が心配したように覗きこんでくる。顔が近い。ジンジンは直立不動から、さらに後ろにのけぞって、顔の急接近を回避した。

「は。な。なんでしょう!?」

「わたくしは、貴方のお腹の具合を訊いたのではなくて。わたくしが、お腹が空いていると遠回しに申しあげました。――そんな恥ずかしいことを女の子の口から言わせるなんて。貴方。ジンジン失格ですわよ。わたくしの知ってるジンジンという子は、気配りのできていつも余裕たっぷりでスマートな男の子でしたけど」

「え? あ? ――すいません! すいません! 天使先輩! ええと。食事ですね。――ちょうどいい店を知っていまして。――イ、イタリアンなどいかがでしょう!」

「あと。それも。今日は禁止します」

「え? どれですか?」

「天使先輩と呼ぶことですわ。〝天使〟も〝先輩〟も、禁止ですわ」

「え？　いえあの……、でもそれじゃあ……、どう呼べば？」

「そのくらい。御自分で考えなさい」

「え？　え？　え？」

「ほんと。あの子の言ってきたとおりに様子がおかしいんだから」

「え？　あの子？　誰です？」

「女の子同士の紳士協定に首を突っこむと大火傷しますわよ」

「はあ。すいません」

　聖羅は黒髪を払った。そして命じる口調でジンジンに言う。

「まずは食事。そのイタリアンが素敵なお店に案内なさい。そうしたら今日は、荷物持ちとして、いっぱいこき使ってあげますから。——覚悟なさいね」

「は、はい！」

　ジンジンは彼女について歩いて、その日、一日を過ごした。

　その黒髪を眺めて過ごしながら、彼女の投じた難問について、ずっと考え続けた。〝天使〟と〝先輩〟が禁止であるなら、いったいどう呼べばいいのだろう？

　その答えをようやく見つけて、その名で彼女を呼んだとき——。貰うことのできた微笑みは、一生忘れることのできない宝物となった。

彼の様子はどうでした？

なぜわたくしがあの子の
様子を貴方に報告しなくては
ならないのかしら。

ああ。はい。わかりました。
じゃあもう知らせなくて
いいですね。彼が貴方の事を
恋しがっているっていうことは。

……長くなりますわよ。
覚悟はよろしくて？

買い出し中

いつもの放課後。学校からいちばん近いスーパーの店内。

小森さんとケンケンの二人は、部の備品を買い出しにきていた。

「なーなー。〝さとう〟って、これ、どれがいいんだー」

メモを見ながらケンケンが言う。

「どれでもよいと思います」

カゴを持っている小森さんは、ほとんど表情を動かさずにそう返す。

「でもいっぱいあるぞ?」

調味料の場所にずらりと並ぶ何種類もの砂糖をみて、ケンケンが途方に暮れている。

上白糖。三温糖。グラニュー糖。スティックシュガー。ザラメに角砂糖。黒砂糖に氷砂糖。

両手で数えても指が足りなくなるくらいの種類が、棚には並べられている。

「値段を気にしないのであれば角砂糖が使いやすいかと」

「そうか」

カゴに入れる。

「でも八個も入れる人がいますのでグラニュー糖のほうがよいかと」

「そうか」

カゴから出して棚に戻して、言われたほうをカゴに入れる。

「値段的にいちばんお得なのは上白糖です」

「そうか。――って。トモちゃんそれわざとやってるだろ」

「わかりますか」

あいかわらず無表情に言ってから、小森さんは――。

「こういうとき。てへ。とでも言えばよいのでしょうか」

「てへぺろ、だな。舌も出さないとだめだな」

「難しいです」

砂糖をゲットして、つぎにコーヒーに向かう。GJ部中等部の部室では紅茶が出ることが多いが、たまにコーヒーの日もやってくる。もちろん小森さんのやりかたは本格的。インスタントではなくて、粉からドリップする。

コーヒーが終われば、つぎは、お菓子お菓子お菓子――。

ケンケンと小森さんは並んで歩きながらカゴをいっぱいにしていった。部費で半分、皆のお小遣いからもすこし出している。その予算枠いっぱいまで、お菓子を買いこむ。

GJ部中等部も、一年生が入ってきて、賑やかになった。ケンケンたち三年生は、雛鳥にエサを運ぶ親鳥の気分だ。

「持つか?」

「いえ。だいじょうぶです」

「そっか」

頭の後ろで手を組んで、ケンケンは前を歩いた。いまの申し出の意味は、カゴは重たくないか、というもの。ケンケンはそういう気配りのできる男の子に変わっていた。

そうした変化は、ずっと見てきた小森さんには、よくわかる。

「訊いてもよいでしょうか」

「なにが?」

「誰ともおつきあいしていないんですか。いまって?」

ケンケンは霞とつきあって別れている。それは何か月か昔のこと。それ以前から、小手指さんには想いを寄せられている。「LIKE」と「LOVE」の違いがわからなかったケンケンであったが、いろいろなことがあって、いろいろなことが変わっていって、いまでもそうなのかどうかは、これは本人にしかわからない。だから小森さんは訊いてみた。

「んー。いまはなー。そーゆーの。いーんだー」

腕を頭の後ろで組んで、前をゆきながら、ケンケンは言う。

「小手指さんとも?」

「んー。まあなー」

訊くべきことは、もうひとつくらいはあったかもしれない。だが小森さんはそれを訊くことはしなかった。

「そうですか」

小森さんはうなずきをひとつ返した。観測者に徹するように、状況をあるがままに受け入れる。自分から働きかけて変化を起こすことは彼女の流儀ではなかった。もともと訊いてしまったこと自体が流儀からすれば誤りだ。

二人はレジの列に並んだ。

「部活の買い出し」という役で、偶然できた二人だけの時間が、もうすぐ終わる。

「なーなー。トモちゃん。あっちの列のほーが、はやいんじゃね？」

遠くの列に目をやって、ケンケンが言った。あっちのほうが早く見える。

「いえ。こうした場合。列を動かないでいたほうがかえって早いです」

小森さんは断定した。買い物十段の彼女は体験知として知っていた。理屈を付けるなら「隣の芝は青く見える法則」で、すべては説明可能であった。

「ぜってー早いってー」

「あ……」

手を掴まれる。引っぱっていかれる。

自分の手をしっかりと握ってくる男の子の手を、小森さんはほんのすこしだけ握り返した。

こっちのが
早いぜー

ミニ知識

ＧＪ部中等部

霞。聖羅。ジル。三人が卒業して抜けてからもＧＪ部中等部はしっかり活動中。最近では一年生も入部して賑やかになっている。ケンケン、ジンジンを中心メンバーとしつつ、しっかり者の小手指さんと、紅茶番長の小森さんが脇を固める鉄壁の布陣。近所の子の蛍ちゃんもみんなの真ん中にいるよ。

とある祝日の部活動

とある祝日の放課後。

わたしは部長と二人で並んで座って、メニューを眺めていた。

とあるお店のカウンター席。スツールというのだろうか。背もたれのない椅子がちょっと珍しく思える。足が届かなくて、なんか宙ぶらりん。不思議な感じ。

「そんなに楽しみだったのか」

「え？」

「足をぶらぶらさせてる」

部長はわたしの足元を見てそう指摘した。

「こ——これは足が届かないだけですから。べ——べつに楽しみにしていたとか、そんなんじゃないですから！　いっぺん食べてみたいねーって葉月と言ってて楽しみにしてたのに葉月ったら急に来なくて、困っていたら、たまたま部長が通りがかっただけですよ」

「そこの段のところに足をのせるんだ」

「えっ？　あっ——これそうなんですか」

足の置き場が決まった。なんかしっくりきた。

「友達がドタキャンしたなら一人でチャレンジしろよ」

「女の子が一人でこんなところ入れるわけないじゃないですか」

店内は男の人ばかり。皆、牛丼を食べている。いや……、食べている、というよりも、かきこんでいる感じ？　ああやって食べるのが正しい作法？　わたしできるかな？

「ところでなにすんだおまえ？　早く決めろよ」

「い……、いろいろあるから困ってるんですよ」

「色々もなにも、牛丼屋にきたら牛丼食うしかないだろ。並か大盛りかしか選択肢はねーだろ。なに迷う必要があるんだ」

「アタマの大盛りっていうのもありますけど」

わたしはメニューを示してそう言った。他にも特盛りとかあるじゃない。

「ああ……、だがギョクは付けとけ。あと俺はつゆ切りが好きだが、初心者にはノーコールをお勧めする」

「ぎょく？　つゆきり？　のーこーる？」

「いいから早く頼め」

部長だけでなく、店の人まで、見るからにイラついていた。まだ三分も迷っていないのに。

「じ、じゃあ……、な、並とかいうので……、あ、あと……ギ、ギョクとかいうのもっ」

「並一丁！」

「ひいぃ」

店の人が大声で復唱するものだから、わたしはびっくりした。びっくりしたんだよ？

「いちいちうるせえ。俺は——オオモリタマゴオシンコツユヌキで」

部長はなんか高速詠唱しちゃってる。すごい慣れている。

「大盛りつゆ切り一丁！」

「わっ。——早っ。もう出てきた」

注文してから十秒もしないうちに牛丼が出てきた。すごい。マックよりも早い。

「だいたいなんで俺が付き合わなけりゃならねーんだ」

部長は卵を割って箸を取って醤油を差してかき回して牛丼にかけて紅ショウガを盛って唐辛子をかけた。その一連の操作はまるで訓練された動きのようで、淀みなく流れるようにスムーズだった。わたしも部長を見習って、同じようにやる。

「それタダだからな。もっとかけとけ。あと唐辛子はまったく辛くないから、もっと大量にかけても平気だ。そしてタダだ」

部長に言われて、紅ショウガと唐辛子を山盛りにした。タダってところ大事なのそれ？

「いただきます」

食べる前に手を合わせる。そうしないと死んだお婆ちゃんに叱られる。

わたしが手を合わせていたら、部長もなんかバツの悪そうな顔になって、食べるのをやめて

わたしを真似て合掌をした。こんどは部長がわたしを見習っている。おっかしいの。

「部活動ですよ。そう……。これは部活動なんです」

部長と二人きりでごはんを食べている状況が急に気になって、わたしはついそう言った。

「部活動だと？」

「部長がいつも言ってるＧＪ部魂とかゆーのですよ」

「なるほど……。たしかに……。ファストフード攻略は、ＧＪ部の部活動っぽいな」

部長は顎に手をやって、ふむふむと頷いていた。

やった。一本取った。

「ちょ――部長。あとにしましょうよ。食事中に。もうっ」

急にスマホを出してメールを打ちはじめた部長に、わたしは言った。お行儀悪いなぁ。もう。

「すぐ連絡しねーと、二人とも昼飯食っちまうかもしんねーだろ」

「二人？　はい？　……なんの話ですか？」

「ふむ。恵のお勧めはチカラめしか。タマのお勧めは……ジロウ？　なんだそりゃ？」

「え？　恵さん？　タマさん？」

「――早く食っちまえ。どっちも攻略しに行くぞ。駅前で待ち合わせだ」

「えぇえーっ!?」

とある祝日の部活動は、ファストフードとジャンクフードのハシゴ大会となった。

早く食べるですよ
ロット乱しは万死に値するデス
これで小…
麺が見えないんですけど
小ラーメン
ヤサイマシマシニンニク
小ラーメン
ニンニクなし

チカラめし。
おいしかったですね～。

ああ。メスの顔して
食ってたな。

もう部長！
それまた言った！

ジロウ。
うまかったでしょ～。

凄かった。ただひたすらに
凄かった……。

部長ってカッコいい？

「部長って。絶対。カッコよかったりしませんよね？」

いつもの放課後。いつもの部室。

わたしは念を押すような口調で、部長にそう訊いた。

「なんだいきなりダメ出しか。俺はいったいなにをしたんだ」

「最近、葉月がよく言うんです。あのひとカッコいいよねーって」

「大人気なのだな。俺様は。――ところで葉月ってあのお団子頭の子だったか」

「部長。覚えましょうよ。何度か遊びに来てるじゃないですか。――あとシニヨンっていうんですよあれは」

「プリンをうまそうに食っていたのだけは覚えている」

「あれあれ？　なんの話ですかー？　わたしにはヒミツの話ですかー」

恵さんが紅茶のおかわりを注ぎにやってきてくれる。

「どうやら秘密の話らしいぞ」

「うふふ。妬けちゃいますねー」

タマさんが恵さんの後に貼りついて、「にやり」というフキダシを掲げつづけていたが、部

長と二人、総力をあげて無視をつづけた。

「──葉月はタレントでも誰にでもそう言うんですよ。弟君の友達にも言いますし。仁たんカッコいいーって。あと古文の若槻センセにも」

「いや古文の若槻はどう見てもカッコよくないだろ。もしあれがカッコよく見えるのだとしたら美意識もしくは視力を疑うぞ」

「でもセンセがウケる話をしたときには、カッコいいーって言います」

「それはあれか。〝カッケー〟と同義語なんじゃないのか。言葉通りの意味で格好いいと言っているのではなくて、凄いとか、超ウケるとか、ポジティブな意味全般をざっくり言いまとめた言葉なんじゃないのか。女の子の〝カワイー〟とおなじで。べつに本当に格好いいと言っているわけではなくて」

「わたしもそう思います。だからわたし、はじめからそう言ってるじゃないですか」

「いやおまえ絶対それ言ってないと思うぞ」

「部長はまったくぜんぜんカッコよくありませんよね」

「自分がカッコいいと主張するつもりもないが。真正面からわざわざ言われると一ミリくらいは傷つくな」

「ああ部長でも傷つくんですか」

　わたしがちくりと刺すと、部長は傷ついたような顔を浮かべ──恵さんに顔を向けた。

「おい恵。俺はカッコいいのか。どうなんだ？」

「うふふ。ヒミツのお話みたいですからー。奥さんは、はいりませーん」

口に手をあてて恵さんは笑う。

タマさんが今度は「ゴゴゴゴゴ」というフキダシを掲げている。

「ええい。らちがあかん。本人を呼んでみるか」

部長は冷蔵庫に歩いていった。ドアを開けると——。

「おおプリンがある。こいつを触媒にして本人をここに召喚しよう」

「それタマのですよー！　タマが自分のお小遣いで買ってきたやつですよー！」

わたしが「プリンあるよ。GJ部の部室においで」とメッセージを流すと、ものの三十秒もしないうちに、どたどたと廊下を駆ける足音が迫ってきた。

「すいませーん！　プリン食べに来ましたぁ!!」

「それタマのですにゃ！」

タマさんが取り返そうと襲いかかる。

だがコブラツイスト一発で沈んだ。弱肉強食の掟によって、プリン魔人の手に渡る。

「ううう……。タマのプリン……」

「あれは諦めろ。帰りに買ってやるから」

部長がタマさんの頭をなでくりとやっている。

さて本題。

スプーンを握って無心でプリンを食べる葉月に、わたしは耳打ちするように訊いてみた。

「ねえ葉月。まえに部長のことカッコいいーって言ってたよね。あれって、いったい、どういう意味で――」

「あっ。そうだ」

葉月はプリンを置いた。なんと葉月がプリンを手放した!!

「先輩！　好みです！　付きあってください！」

「うえっ!?」

わたしは目を剝いた。

葉月、部長のこと好きだったのーっ!?

てか!?　いきなり告白ーっ!?

「無理だな」

「うえっ!?」

わたしは目を剝いた。即答っ!?

「やー。フラれちゃったよー」

葉月はカラリとした顔でわたしに言った。

えええええ。長いこと付きあっているけど。わたし。彼女がわからない。

わたしって。ほどくと長いんだよー
どやっ
えーと…

京子の部って
楽しそうでいいよねー。
そんなに部長に興味あるなら、入ればいいのに、GJ部。
そっか！　入る！
うえええええっ!?　即答っ!?

ください

いつもの放課後。いつもの部室。

わたしはいつものようにテーブル席について、部長の隣（となり）でカップを傾（かたむ）けていた。

一杯目の紅茶を飲み終わる。ケーキは全部食べずに計画的に残してある。二杯目と三杯目と四杯目と五杯目のために、まだ五分の四ほど残っている。

部長はわたしの隣で漫画を読んでいて――。その横顔を見ていて、思いだしたことがあった。

「はい。部長」

手を差しだす。

「ん?」

部長が漫画雑誌から顔をあげる。わたしは部長の目の前に手をつきつけて催促（さいそく）した。

「はい。ください」

にぎにぎ。なんだと思ったのか。部長がわたしの手を握（にぎ）りしめてきた。握手（あくしゅ）握手。

「ちがいます」

手を振り払ってから、もういちど差しだす。開（ひら）いた手のひらを上に向けて催促する。

「んっ」

「ぽん」

チョキが出た。

「ちがいます」

だから！　――わたしはパーを出していたわけじゃなくて。

「あっちむいてホイ」

部長が指をびゅっと上にやったから、わたしは反射的に下を向いた。

「ちがいますよ。あっちむいてホイじゃなくて――」

「なにがちがうんだよ」

またホイ。今度は右にびゅってやった。わたしは反射的に左を向いた。いつも葉月とやって鍛えられているせいで脊髄反射が出てしまう。

「お代ですよ。はい。ください」

わたしは手のひらを上に向けて部長に催促した。踏み倒そうとしたって、そうはいかない。

「なるほど。その手はそういう意味だったか。握手を求めていたのでも、じゃんけんでも、あっちむいてホイを挑んできたのでもなくて」

「どうでもいいですから。払ってください」

「だからなんのお代なんだ？」

「ああそっか。言っていませんでしたっけ」

「言わないでいて、なぜ俺がわかると思ったのだ。おまえは？」

「このあいだ妹さんに会いました。駅前でばったりこ」

それで色々と話なんかをして、パフェをおごった。したがってわたしは、兄である部長におごらされたパフェ代を請求する権利がある。……あるはず。

「そうか。ばったりこか。——あれ？　おまえって、俺の妹、知ってたっけ？」

「知りませんでしたよ」

「ならばどうしておれの妹だとわかったのだ？」

「お兄ちゃん！　って、怒られまして」

「ん？」

「なんか間違えられちゃったんですよ。部長と勘違いされて。……でもわたしと部長って、そんなに似ていましたっけ？　そもそも男と女で、ぜんぜん、ちがいますよね。なんでだろ？」

「な……、なんでだろうなー」

部長はそっぽを向いて口笛などを吹いている。

「お兄ちゃんまた除草してる！　って、急に怒られたんですけど。なんで草むしりしてるって怒られたんでしょうか？　わたしただ歩いていただけなのに」

「ほ、ほほう……、なるほど。除草か。しかしひょっとしたらそれは助走だったのかもしれないな。もしくは序奏や除霜という線もあるな」

「でも可愛い妹さんでしたー。わたしもこんな妹、欲しいなー、とか、思っちゃいましたー」

「そ、そうか。可愛いだろう。うちの妹は。近所でも評判だぞ」

「妹なんてぜんぜんよくないですよ」

ポテチをぱりっと嚙み砕きながら、そう言ってきたのはタマさん。

「タマ。弟妹弟妹たくさんいるのでわかるのです。前は弟妹弟妹でしたけど、いまは弟妹弟妹弟で、こんど弟妹弟妹弟妹になるですよ」

「えー？　いいなぁ……」

「よかないです。話きくです。タマは弟妹マスターなのです。やつらは生態系の宿敵なのです」

「タマ。おまえのとこ。また一人増えてないか？　こんど六人目か？」

「いま製造中なのです。あと七か月かかるです」

「ほらほらー。うちの妹でーす。聖羅の写真。みてみてでーす」

恵さんがスマホを手に、たたたっ――と、テーブルに飛びついてきた。

「わっ。美人さんだっ」

黒髪の美少女にわたしの目は釘付けとなった。霞ちゃんも可愛かったけど。この子も綺麗。

一人もらうなら、どど……どっちがいいだろう？

その日の部活動は妹談義に終始した。

なんか忘れているような気がするんだけど……。ま。いっか。

お兄さん！
妹さんをください！
もらってどーする

ミニ知識

兄弟姉妹

世の中には「妹萌え」「弟萌え」「姉萌え」「兄萌え」などが存在する。一説によれば、リアルで兄弟姉妹を持つ者は、同種の「○萌え」に免疫を持つという。しかし例外もあり、リアルで持っていても、なお萌えられるという剛の者もいる。ちなみにキョロ子は一人っ子。なのでガチで妹ほし一派。

先代部長の話

「ねえ部長」

「なんだー」

いつもの放課後。いつもの部室。

わたしは部長に訊いてみた。

「先代部長って、どんな人だったんですか？」

「なんでそんなこと気になるんだよ」

部長は読んでいた雑誌をぱたりと閉じて、わたしに向いた。

やった。ちゃんと見てくれた。

「だって部長って、先代部長の話をするとき、目が違うんですよ」

「どう違うんだ」

「とにかく違うんですよ」

面倒くさそうに話を終えようとしているが、わたしは追撃した。

きょうはぜったいにきーてやる。

「そもそも男の人なんですか。それとも女の人なんですか」

「なんだ。そこからか」

「だってぜんぜん話してくれないじゃないですか。たまーに〝先代部長〟って単語が、話にのぼってくるだけで……。教えてくださいよ。気になりますよ。わたしには知る権利があると思います。このあいだほら正部員になったわけですし」

胸のGJ部バッジを部長に示す。なんか指のサインと発声練習をやったら、これをもらえた。見習い部員（だったらしい？）から正部員に格上げとなった。指のサインはなにが難しいのかまったくわからなかった。教えられた通りに中指と薬指のあいだでぱっきりと割ってみせたら、部長は、ずーんと、海の底よりも深く落ち込んでいたけど。……なんでだろ？

部長が遠い目になって、考えこんでいるので、わたしは待った。

「そうだな……。大きな人だったな……」

「なんですかー。なんですかー。ちっちゃい部長の話ですかー」

タマさんが転がるようにやってきて、テーブルの端にぶら下がる。

「あっそうか。タマさんに聞いてもいいわけですよね。でも……えっ？　大きいんですか？　小さいんですか？　どっちなんですか？」

「部長はちっちゃいですよ。タマのこんぐらいしかなかったですよ」

「だからでっかい人だったと言ってるだろ」

「あーもー!!　ワケわっかんないですよ!!　男の人なのか女の人なのか大きいのかちっちゃい

のか!!　まずそこをハッキリさせてください!!」

「お姉ちゃんの話ですねー。はい。お茶どうぞー」

　恵さんがやってきて、皆の前に紅茶を並べてゆく。

「え?　恵さんのお姉さんだったんですか?」

「ちぇっ——恵。バラすなよ。そのネタでキョロ子をいかにからかってやろうか、百万通りくらい考えてたのに」

「うふふ。だめですよー。教えてあげないと。——はい。烈斗くんもどうぞ」

　めずらしく部室にいる烈斗先輩のところにも紅茶が置かれる。恐縮しまくっている。烈斗先輩。恵さんのこと。あれ絶対好きだよね。バレバレだよね。

「まおー様か。懐かしいな」

「そこ!!　また変な追加情報出さないでください!!　女の人なのはわかったけど。大きくて小さくて魔王だとか、またワケわかんなくなりますよ!!」

「先代部長はな。暗黒の部長力を使いこなす人だったな」

「暗黒の部長力ってなんですか?」

「部長力のうちの暗黒面だ。人間の持てる潜在力をすべて引き出したり。人の考えていることを言い当ててみせたり——」

　部長がまた変なことを言ってくる。まったくもう!!

「キョロ子。おまえは次に――〝わけわかんないですよ〟と言う」

「わけわかんないですよ!!　――あっ!?」

「そして〝あーうー〟と言う」

「あーうー……。――あっ!?」

わたしは口を押さえた。

「これが部長力だ。部長にのみ使える力だ」

「そんなの信じませんよ。部長になったくらいで異能が使えるんだったら、この世は異能者だらけですよ」

「ふふふのふ。部長でなく平部員に過ぎないおまえにはわかるまい」

「そこ。平じゃなくて正ですから。ガッカリ度と満足度がぜんぜん違いますから」

「あと六か月くらいは、おまえには無理だな」

「その微妙に半端な数字はなんですか」

結局その日は、いつものようにだいぶからかわれて、オモチャにはされたものの――。

先代部長の話を、いっぱい聞かせてもらった。ふだんは引き出しにしまわれていた写真もたくさん出てきた。ちっちゃい。かわいー。美人さんだ。そして噛みつき危険だ。

ひとつ気づいたことは、先代部長の話をするときに、部長はとてもいい顔をするということだった。

先代の部長はな…
ほら！

ミニ知識

先代部長

当然のことながらＧＪ部には何人もの先代部長が存在している。キョロ子たちの世代で言われる「先代部長」は、天使真央、その人。天使真央の世代における「先代部長」は謎の人。男性であるとも女性であるとも、まるで明かされていない。そして時が来てキョロ子たちの世代になったとき、「先代部長」と呼ばれることになるのは、四ノ宮京夜、その人となるであろう。

先代部長と話

いつもの日曜。いつものファミレス。

いつものウエイトレスさんに会釈をひとつ決めてから、京夜は指定席に腰を下ろした。

もう席についていた部長に、京夜は言った。

「部長。聞いてくださいよ。キョロ子に言われちゃいましたよ〜」

「おま。部長って、それ……やめ、な」

部長のちっちゃい手が、ぺしっとおでこを叩いてくる。

「いえですから部長。僕が部長を見るときの目がですね」

「わざと？」

部長はジトっと目を向けてくる。京夜はニコニコと笑いながら話を続けた。

「部長を見るときの目が、憧れ目線になってるってキョロ子に言われまして」

「そのキョロ子ちゃんとゆー後輩から嫌われていたのは直ったようだな。仲良くやれているようだな。すべて私のアドバイスのおかげだな」

「ええ。すべて部長のおかげです。〝退屈だから芸をしろ〟だとか、そういうアドバイスが功を奏しまして――」

「言ってナイ!!　わたしはそんなことぜんぜん言ってない！」

「すべて背中を見て学んだんですよ。言語で伝達はされていませんから。ええはい。言ってはいないですね」

すっかり逞しくなった京夜に、真央のほうがたじたじとなる。

「……今日のお子様ランチ。おまえの奢りな。部長って言ったバツな」

「ええ。そのくらい奢ります。年上だから仕方ないのかもしれませんが、デートで割り勘って男の子的にはちょっと気になってたんですよね」

「で、デートだとっ!!　なんでっ!?　だれがっ!?　――いつそれをっ!?」

「綺羅々さんがみんな話してくれました」

「あんにゃろー」

「それで憧れ目線になってるってキョロ子に言われちゃいまして」

「その話はまだ続くのか。わたしは協定がバレてしまって若干ウロたえぎみなのだが」

「言われて気づいたんです。ああそっか。僕は部長に憧れていたんだな、って」

「なるほど。それで私は、今日は〝部長の日〟をやらされているわけか」

ようやく得心がいったという顔で、真央はうなずいた。

「ケド。これさー。疲れるんだよー」

腕組みをしてエラそうなポーズ。しかしその上には渋い顔がのっている。

「ああ。わかります。僕もオレマンやっているの、けっこうしんどくて」

「おまえもオレマンお休みすりゃいーじゃん」

「ここに来てる時は休めてますから。――ほら。〝僕〟って言ってますよ」

「ずっりー!!　おまえだけ。じゃあわたしもやめるぞ!!　部長やめて真央でいくからな!!」

「僕の憧れ目線はどうなりますか」

「部長の私じゃなくて、ま、真央のわたしに……む、向けたらいいんじゃね?」

「交換条件出してもいいでしょうか」

「なんだヨ。条件って」

「うえっ?」

「お姉さんもやめにしてください」

「お姉さんぶるのもやめてください、って言ったんです」

「ンだよ?　妹やれってか?」

「そういう意味じゃなくて――。僕たち。歳なんて一つしか違わないじゃないですか。いまは十九歳と十八歳ですけど。数年も経ったら二十五と二十六とかですよ?　その頃になってもまだ先輩後輩のままなんでしょうか。僕はいやですよ。そんなのは」

「だっておまえキョロじゃん」

「キョロはずっとそのままでもいいですから。でも部長のほうは……部長でもお姉さんでも

なくて。ふつうの天使真央を見せてくださいよ」

「……みせるの？　……みせちゃうの？」

真央は拗ねたような顔を京夜に向ける。

「先代部長とかに見せていた天使真央を、僕も見たいんです。見る権利があると思います」

「ちょっと……わがままかもよ？」

「覚悟してます」

「気弱……かもよ？」

「わかってます」

「嚙む……かもよ？」

「それはデフォルトだったんですね」

「あ、あ、あ……、アトっ——!!」

真央が意を決して、なにかを言おうとする。

京夜は辛抱強く、その言葉を待った。

「ち、ちょっと……、オトメかもっ？」

どんな言葉が飛び出してくるのかわからなかったが——。京夜はそれを聞いて、おもわず微笑みを浮かべた。

ええ。知っていましたよ。

アレ疲れるんだよー
僕もですよー

そういえば。僕。
まえに素の天使真央に
会ったことありますよ。

ええっ？
いつ！　どこでっ⁉
わたしいつボロ出した⁉

ほら。深夜の電話のときに。

ああっ！　あれかっ！
――わ！　忘れろ‼

オレマン休みの日

いつもの放課後。いつもの部室。

わたしは漫画雑誌を読むふりをしながら、部長のほうを、ちらちらと見つめていた。

なにか部長のようすが変なのだ。

いつもより部長がのんびりしている。

「ふー」

肩をぐるぐる。首をぐるぐる。そして「ふー」とか、オジサンくさく声をあげている。

なにがいつもと違っているのか、はっきりとはわからない。なのでわたしは、こっそりと部長の様子をうかがっていた。

すると――。

「あ。恵ちゃん。お茶くれるかな?」

「はーい」

「ちょ――ちょっ!? 待ッ――!? 部長なに言ってるんですか!?」

これまでの疑念が確信に変わる瞬間だった。やっぱり部長が変だーっ!!

「えっ? なに? どうしたの?」

　わたしはびしっと指を突きつけた。

「それ！　その話しかた！　あとその目！　なんですかその細い目は！　うちの近所にそんな目をしたおじいちゃんみたいな顔のワンコいますけど！　それはそれでカワイイんですけど！　部長はいつも違うじゃないですか！　きりっと吊り目で！　憎たらしいくらいオレオレ言ってるキャラじゃないですか！」

「ああ。それのこと。今日はオレマンはお休みなんだ。僕は今日は――」

「僕って言ったあ！」

　わたしは半分パニックになった。あの部長が〝僕〟とか言ってるッ!?

「だからどうしたの？　さっきから変だよ。キョロ子ちゃん」

　腕の肘から先あたりにかけて、ぞぞぞーと、なにかが這い回るような感触。

「へんなのは部長ですよ！　ねえ！　みんなそうですよね！　部長はおかしいですよね！」

　わたしはみんなに助けを求めた。

「えー？　そうですかー？」

　紅茶のおかわりを持ってきた恵さんが、小首を傾げる。

「はい。京夜くん。お茶です」

「うん。ありがとう」

「――ありがとうって言った！　部長がお礼した！　あああ！　終わる世界が終わっちゃう！」

わたしはこんらんした。

「部長は前はそうでしたよ。僕っコでしたよ」

タマさんがポテチをくわえながら証言する。

「うそだぁ」

わたしは信じなかった。否定したかった。

「えーと、平和的……、へいわてき……、なんでしたっけ？　メグねーさん」

「はい。平和的敗北主義者、ですよう」

「そう。それです。戦う前から負けてかかると安全安心。争わない。自己主張しない。なにをされても怒らない。いいなりのいいカンジのいじられ愛されオモチャでした」

「そういうこともあったねえ」

部長はカップを両手に納めて穏やかにうなずいている。

「想像つきませんよ！　ぜんぜん真逆じゃないですか！」

わたしはタマさんにそう言った。タマさんもグルで、わたしを騙そうとしている。

「いつもの部長は。あれ。第二段階ってやつですよ。むかしタマのこと叱ってきたやつです」

「ああ。うん。そうなんだ。第二段階までなら、ずっと変身していられるようにはなったんだけどね。でもやっぱりたまにはこうして気を抜かないとね。このあいだ先代部長と会って。おまえもオレマンお休みしてみろって言われてさー」

「ああっ。タマも会いたいですよう……」

「でもタマが来るとポジションはたぶん紫音さんの膝の上になるよ」

「ううう……。やめとくです」

「京夜くん。いつもオレマンお疲れ様ですー」

部長の前に恵さんが手作りクッキーを置いてゆく。

「うん。ありがとう」

「京夜くん甘いの苦手だから。甘さ控えめクッキーでーす」

「苦手ってわけでもないけどね。女の子たちみたいに大好きじゃないだけで」

「タマのぶんないのですか。センパイ。一枚よこしやがれです」

「一枚といわず半分いいよ」

「肩。お揉みしまーす」

〝オレマン〟でなくて〝ぼくマン〟の部長は、恵さんとタマさんに大人気。なんであんなのいいんだろ。

肩を揉まれる部長は、ほんにゃりとおじいちゃんの顔になっている。

「あー……、そこー……、そこー……、あー……、きくなー……」

わたしはそんな部長を、椅子の背を盾にして、じーっと見つめていた。

部長っぽくない。じじむさい。

あー
極楽 極楽…
う〜…

お兄ちゃん。今日は
オレオレ言わないの？

え？　うん。
あれは今日はお休みで。

そっか。残念。最近の
お兄ちゃん、ちょっと
カッコ良かったかもー。

あのね。べつに
やめたわけじゃなくてね。
今日はお休みなだけでね。

復活のオレマン

翌日の部活動。

「お、おはよー……、ございます……」

わたしはびくびくおどおどしながら、部室の戸を、そうっと開けた。

タマさんと恵さんを定位置に発見。そして丸テーブルには部長の姿。

わたしは意を決すると、部屋に入っていった。なにもないふうを装って、荷物を置いてきて、丸テーブルの自分の席にお尻を落とす。

「おはようございます」

「あ……。おはよー」

部長はいま気づいたかのように——いま気づいたのだろう——のんびりとわたしに返事を返してきた。

「それ。まだ戻ってないんですか」

わたしは言った。強い口調で咎めるようにそう言った。本当は昨日みたいに取り乱したかったところだけど。頑張って平静を装った。

「いやー。もう一日くらいお休みしようかなーと」

頭の後ろをこりこりとかいて、部長はそんなことを言った。

「うふふっ。いつまでだって、いいですよ。なんだか昔の四ノ宮君みたいで、なつかしーです」

恵さんが紅茶を置きながらそう言った。――あれ？　いま〝四ノ宮君〟って言ってた？　いつもは〝京夜くん〟って名前のほうで奥さん呼びしてるのに。

「センパイ。ポテチもらっていいっていいーですか」

「ほどほどにしてね」

タマさんも呼びかたが変わっている。なぜか部長のカバンからポテチを取り出してゆく。

「い、いいですよ……、一日とか言わずに、一週間くらい、やればいいいんじゃないんですか」

わたしはそう言っていた。

「あー、それいいかもー」

開いているかどうなのかわからない細い目になって、部長は言う。

「今週はずっと〝オレマンお休みの週〟にしようかなー」

「い、いいですよ……、す、すればいいじゃないですか……。べ、べつにわたしは……、ぜんぜん平気ですから。い、いろいろ……からかわれるのには、慣れてますから……」

「キョロ子ちゃん？」

部長がこっちを見た。わたしのことを〝ちゃん〟とか呼んでいる。呼び捨てじゃなくって。もうやめて。ちゃんと呼んで。いつもみたいに呼び捨てで。

「ぶ、部長が……、部長が……、いなくったって……、べつにわたし……、わたし……」

「いや。いなくないよ？　いるよここに。ほら僕いるってばー？」

部長が広げた両手をぱたぱたと振ってくる。だけどわたしの目に部長は映っていない。

「部長が……、部長が……、威張ってなくたって……。部長が……、じじむさくたって……、わたしは……、わたしは……」

「じじむさ……って。えっ？　僕じじむさいの？　ええーっ？」

わたしの知ってる部長はいない。わたしの目に映っているのは、なんだか優しそうな男性だ。横暴で偉そうでふてぶてしくて憎たらしくて、けどカッコいい部長じゃない。

「部長が……、オレオレ言ってなくても……、わたし……、へいきで……、へいきも……」

「えっと？　あの？　……キョロ子ちゃん？」

部長がわたしの顔を覗きこんでくる。優しい顔で。心配している。

そのとき――わたしは弾けた。

「やっぱやだー！　う……、うわーん！」

「ちょ――キョロ子ちゃん。どうしたの」

「部長がオレマンじゃなかったらー!!　わたし!!　やだーっ!!」

わたしは泣いた。わんわん泣いた。こんなに涙を流して泣いたのは小学生以来かもしれない。

「はい。出番ですよー。オレマン」

「そうです。泣いてる女の子をほっとかないのがオレマンです」

恵さんが言う。タマさんがうなずく。

「ふう……、しかたないなぁ」

部長は立ちあがった。

両腕をクロスさせて、下から上へと――顔の前を腕が通過してゆく。そして現れた顔は――。

「おいキョロ子。いつまでもぴーぴー女みたいに泣いてんじゃねえ。だまれ。泣きやめ。泣きやまねえと――不思議な踊りをやらせるぞ！」

「ぶ……、ぶひょう」

「わかった。わかったから。――まず洟をかめ。――だあぁ！　すがりついてくるんじゃない っ！」

「ぶひょー！　ぶひょおお！」

「うっわー！　ばっちい！　ハナがつく！　ついた!!」

やっぱり部長だ。これは部長だ。ぜんぜん優しくない。だから部長だ。

わたしは部長の胸に顔をうずめた。わんわん泣いた。さっきのとは違う意味でいっぱい泣いた。

わたしのために部長が部長でいてくれることを、わたしは理解していた。

ただ嬉しかった。

泣くんじゃねえ!!

もうぜったいやめてくださいよね。〝キョロ子ちゃん〟とか言ってくる部長。キモいだけですから。

さあ。わかんねーな。
また休むかもしんねーぞ？

泣きます。

伝承される絆

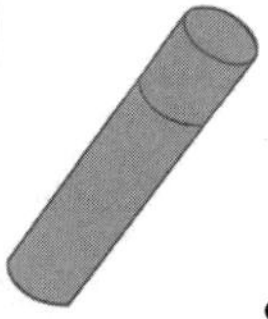

卒業式が、ついに終わった。

学校を出て行く卒業生たちを、両側に並んだ在校生たちが送り出す。うちのガッコの名物的な光景から、わたしは、そっと抜け出した。タマさんと、あと三学期になってから入部したわたしの親友の葉月と、在校生組でもって、こっそり合流する。

「よ――。見つかんなかったか？」

校舎裏で、おなじように抜け出してきた部長たちと落ち合う。

部長たち三年生を先頭に、向かった先は――旧校舎だ。文化部棟に入って、そして二階の外れの部室を目指す。

「やっぱ卒業式。やんなきゃな」

部室に入って一息つくと、部長は、手にした筒でぽんぽんと肩を叩いてそう言った。筒のなかに入っているのは〝卒業証書〟。ガッコの卒業式は、いまさっき終わったばかり。

しかし〝GJ部〟の卒業式のほうは――まだなのだ。

部長たちはその場で袴を着替え始めた。

「わ――ちょっ！　こ、ここで脱がないでくださいよ！　恵さんも帯ほどかないでっ！」

その場で袴を脱ぎ始める先輩たちに、わたしはマッハで背中を向けた。

「わはははっ。キョドってやがる。キョロの面目躍如だな。いいぞ盛大にキョドれ」

もうっ。部長ってば。わたしは顔を赤くさせて着替え終わるのを待った。

「終わったぞ」

声をかけられて振り返る。

部長と恵さん。あと烈斗先輩。皆がいつもの制服姿に戻って立っている。

「さて。どんな卒業式をやってくれるんだ？　卒業証書、ちゃんと作ってきたのか？」

「えっと」

手をぱたぱたとやって、こちら側に在校生一同を並べる。わたし。タマさん。葉月と並ぶ。向こう側には、部長、恵さん、烈斗先輩と並ぶ。

わたしはまなじりを決した。部長を真似て、変身ポーズ。両腕をクロスさせて、下から上へと——顔の前を腕が通過してゆく。そして現した顔は——。

「気をつけえええええ——い!!」

自分でもびっくりするくらいの大声がでた。窓ガラスがびりびりと震えわたるほど。葉月に付きあってもらって河原で発声練習をやってきた成果だった。

部長と恵さんは、ぴしりと直立している。神妙な顔をして立っている。

烈斗先輩はなんでか後ろ向きに立っている。あの人の場合にはそれがデフォルトだ。

「卒業証書！　不授与式ッ!!　卒業証書はないッ!!」

「へ？　お、おい――？」

「四ノ宮京夜。天使恵。赤井烈斗。貴殿らは本日をもって高校を卒業した！　だがGJ部は卒業しない！　よって卒業証書は発行されない!!」

一瞬、呆気にとられた顔をしていた部長だが――。すぐに満面に笑みを浮かべてくる。

「GJ部はここにある!!」

わたしは叫んだ。

右手の拳を心臓の上に。左手の拳を腰の後ろに。そんな方式の〝敬礼〟を在校生三人で行う。

「大学に行っても、街中でも、電車のなかでも、ファミレスでも、会社とかの中で仕事中でも、我々、よく訓練されたGJ部部員がいる限り、そこは常にGJ部だ!!」

息を吸う。いっぱい吸う。胸の中に大きく息を吸いこんで、それから、わたしは大声を放つ。

「我々がGJ部だ!!」

しーんと、部屋の中が静まりかえる。

「よし！」

最初に口を開いたのは――部長だった。

「おまえを次の部長に指名する！」

「え？　えええーっ！　ちょ――タマさんじゃないんですか!?　だってわたしまだ一年でっ!?」

「来年はもう二年だぞ。そして部長だぞ」

「だからそれは――」

わたしは首をぶんぶんと振りたくった。

わたしが部長!?　ムリムリ!　そんなの絶対にムリっ!

「いいや。俺が決めた。前部長には次の部長を指名する権利がある。そして先代部長として指名する。次の部長は――キョロ子。おまえだ」

「わたしが……、部長……?」

わたしはぼんやりとつぶやいた。部長はてっきりタマさんが引き継ぐものだと思っていた。だから気持ちの準備もなんにもできていなかった。ＧＪ部の卒業式で式辞を述べる役目だけだと思っていた。それだって大役だったけど……。

「ＧＪ部魂……。わかってるか?」

部長は拳でわたしの胸を、とん、と叩いた。――ちょ!　部長!?　セクハラですよ!

「わ――、私がＧＪ部だっ!」

「完璧だ」

ＧＪ部魂とはなんなのか、わたしには結局わからなかった。

ただ、わからないでいいということは、わたしにはわかった。

そして自分がそれを受け継いでいるということ。そのことを、わたしは知っていた。

受け継がれる伝統

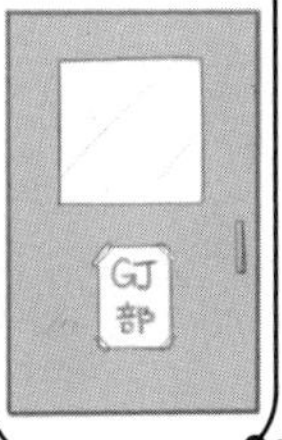

鏡のなかに「あのひと」がいた。

部室の片隅に一人で座り、三面鏡を開いて、わたしは自分の顔を見つめていた。校則違反にならない程度に、ナチュラル・メイクを決めてゆく。

最後にワンポイント。ほんのちょっとだけ――唇の上にグロスをのせる。

鏡のなかに映る顔は、「あのひと」のものだった。

昔、部室で出会った素敵な女の人。自分に似た顔をしていたけど、大人の落ち着きを持った素敵な女性――。「あのひと」が誰であるのか、部長に――いえ、京夜さんに、しつこくしつこく問いただしたことがある。結局教えてもらえなかったけど、メアドとIDは教えてもらった。それからメッセージの交換をしばらく続けていた。

あのひとの最後のメッセージにあったのは、「半年もすればまた会えるわ」という言葉。

わたしはその意味を理解した。鏡のなかで「あのひと」と出会えた。この一年でわたしの髪はすこし伸びた。鏡のなかに映る顔は、メイクの感じから髪の長さにいたるまで、あのひととぴったりとおなじになっていた。

風が吹いた。わたしは窓を見つめた。

開け放たれた窓から、風に乗って、桜の花びらが運ばれてくる。何枚かは床の上に、そして一枚だけが、白い丸テーブルのうえに落ちる。そうだ。わたしの席は、今年は、あそこにしよう。そこは昔、部長が座っていた席だ。横暴にオレオレ風を吹かせていた、その場所だ。

廊下のほうで人の気配があった。戸が半分開いた入り口の向こうに、女の子が二人、そして男の子も一人。制服に着られているような、中学生みたいな子たちが、小さな頭を縦に並べて、部室の中を覗きこんできている。見れば、このあいだの新入生歓迎の部活説明会で配ったチラシを手にしている。

ちらりとわたしが目を向けると、三つの頭はささっと引っ込んだ。こしょこしょこしょと相談し合う声がして、またしばらくすると、顔の半分だけが戸の陰に現れてくる。

今日は新学期になって最初に授業のあった日。つまり最初の部活動の日。あの子たちはきっと、勧誘のチラシを見て、GJ部に興味を持った子たちで――。

やだ！　どうしようどうする!?

わたしは鏡を見つめた。そして言い聞かせるように心のなかでつぶやいた。

落ちついて。だいじょうぶ。わたしならできる。なぜなら――わたしは「部長」だから。

わたしは――。いえ。私は――。三面鏡を閉じると、立ち上がった。

髪を払い、悠然と大人の仕草で、私は――。

「ようこそ。私がGJ部の部長――。京子よ」

あとがき

書きも書いたり。全六百六十三話。

GJ部シリーズ。これにて完結です。

……と、前回のあとがきにも、似たようなことを書きましたけど。

シリーズ完結に寄せた「あれこれ」は、前巻のあとがきでたっぷり語り尽くしましたので、本日のあとがきは、ロスタイム的な内容に徹して、お送りしたいと思います。


ロスタイムも終わって、試合終了のホイッスルも鳴り響きました。今回のこれで、本当の本当に最後です。この本が発売される頃には、アニメのほうでも、おそらく「GJ部@」の放送が終わったあとになっているかと思います。

ちなみにBDの発売直前です。BDの発売は二〇一四年、五月十四日だそうです。

そうそう。BDのブックレットですけど。新木は4コマ小説を書かせていただきました。内容はGJ部@のなかで描かれる「卒業旅行（みたいなもの）」から、「いつもの日曜。いつものファミレス」――へと繋がる、ミッシングリンク的なものとなっております。いかにしてファミレスOG会は始まったのか？　――みたいな。

また音楽CD「グッジョぶの音楽〝@〟」も同じく五月十四日の発売です。新作キャラソンがてんこもりです。タマもみそっかすになっていません。それから、ななな、なんと！〝あの人〟も歌っちゃいます！


原作のほうはこれにて終了ですが、アニメ界隈のほうはまだまだ賑やかです。

再放送がBS日テレで放送されたり。アンケートによる十二話一挙放送が企画されたり。

全十二話が一枚に収録された「りぴーと！　でぃすく」が三月十八日発売になっていたり。

これ。あらすじを書くその日の朝に届きましたので、いまこのあとがきを書いているときに、裏で延々とリピートさせていたりします。


ところで今回のこの「GJ部ロスタイム」という題名ですけど。

じつはアニメの特番の「GJ部@」の題名候補のうちのひとつでした。特番のタイトルとしては採用されなかったので、こちらで使わせていただきました。

今回、内容的には、まさしく「ロスタイム」というべきものとなりました。

GJ部シリーズ、最後の締め。最後の一冊の「ロスタイム」として、描こうと思ったテーマは、「受け継がれる伝統」というものです。

GJ部の高等部には、都合、四人の「部長」が描かれます。

性別も定かではない「先代部長」と呼ばれる人物。天使真央。四ノ宮京夜。そして京子。
誰もが皆、新入部員として入ってきて、そして部長となり、新入部員を捕まえて――。
そして次の世代に「ＧＪ部魂」を委ねてゆくわけです。そうしてＧＪ部の「部長」は受け継がれてゆきます。

ＧＪ部というシリーズが始まったのが、二〇一〇年の春でした。

いまこのあとがきを書いている時点は、二〇一四年です。ちょうど四年間の月日が流れ去っています。

そして作中でも、まったく等しく四年間が流れ去っています。

京夜が新入部員として入り、ＧＪ部魂を鍛え上げられ、部長となり、キョロ子を次世代部長に任命して、高校を卒業して、そして「現在」では大学生となっているわけです。

この春（二〇一四年度）からは、京夜はもう大学二年生なのですね。真央たちが大学三年生。

リアルタイムに時間を進めてきたＧＪ部ではありますが、この「ロスタイム」に関してだけは、ちょっとだけ時間が巻き戻っているパートがあります。

1. いつもの日曜。いつものファミレス。で始まる、京夜と真央たちのファミレスデートの話。
2. いつもの放課後。で始まる、キョロ子視点で語られる横暴部長との話。

3．高校生となった霞たちと、中学三年生のケンケン／ジンジンたちの後日談。

1と2は、「現在」から、ちょうど二年前の話となっています。霞たちGJ部中等部のほうの時間でいえば、霞たちが二年生で、ケンケン／ジンジンたちがちょうど一年生の頃に、裏のほうの高等部で進行していた話となります。

3はまさしく「現在」です。ちょうど「現在」のエピソードとなっています。

この3の時点では、四ノ宮京夜は大学二年で、天使真央は大学三年で、キョロ子は高校三年生で——って。ややこしいですね。はい。すいません。まあ時系列のことなどはあまり深く考えず、ゆるふわを楽しんで頂ければよいかと思います。それがきっとGJ部魂です。

さて。ここから、いろいろ宣伝に入ります。まずは次回作の宣伝から。

あくまで「予定」かつ「未定」という前提で、単に新木が「こーゆーの書きたいなー」と妄想を口走っている程度の内容ですので、実際にどうなるのかは五里霧中（ごりむちゅう）ですが……。

ガガガ文庫では、次回作はやっぱり「4コマ小説」でいきたいなー、と、思っております。

現代の高校を舞台にした部活動ではなく——。

ファンタジー世界を舞台にして、ギルドかパーティの仲間たちで——。

四ノ宮京夜的な平和的敗北主義者ポジションの男子が、比較的女性率高めのメンバーのなかで安全生物扱いを受けながら、揉みたくられて成長をみせてついには逆襲しちゃったりなんかして、そんなこんなで、ゆるふわを追求してゆく、そういう物語を世に送り出せれば――と思っております。

GJ部をスタートさせた四年前とは、時代が移り変わりつつあるとはいえ、まだまだ、ちょいと気軽に読むことができて、軽くて癒やされて、「キャラが可愛い」という軸だけで評価されて然るべき物語というものは、世の中から求められていると思うのですよー。

刊行時期は……。時期は……。編集さんが「年内って書け」と猛烈にプレッシャーをかけてくるので……。じゃあ年内で。

しかしっ、あくまで予定で未定ですので来年に入ってしまったとしても、なまあたたかく許してくださいっ！

つづきまして、新木 伸の、もよりの著作の案内です。二〇一四年、五月三日。ぽにきゃんBOOKSより、「星くず英雄伝」が復刊されます。既刊分九冊と、未発表分三冊が、連続刊行の予定となっております。GJ部とはだいぶ毛色の違う作品ではありますが、新木 伸のもうひとつの代表作です。よろしければ、どうぞ読んでみてください。

最後に著者サイトのお知らせです。恒例、二次元バーコードです。

ＧＪ部を始めた当初は、二次元バーコードの読める機種（高機能携帯電話もしくはスマホ）の所持率って、それほど高くありませんでした。当時、新木の使っていた機種も、カメラがついていませんでしたー。お持ちでない方への配慮もありまして、あまり大々的に書けずにいたわけですが……。この四年間の間で激変したようです。内閣府による調査では、二〇一三年度の高校生のスマホ所持率は八〇パーセントなのだとか。スマホでない携帯電話が一七パーセント。合わせると、携帯・スマホ所持率は、なんと九七パーセントにもなるということ。

現在では、ほとんどの方が二次元バーコードを読める環境にあるようです。ぜひバーコードリーダーのアプリ等を活用して、ワンタッチで、お越しになってください。裏話ブログや、次期４コマ小説に対するアンケートなどなど。頂いた「声」は作品作りに生かしていきます。

携帯用サイトへの二次元バーコードはこちら。

←カメラのない機種の方はこちらからどうぞ

http://www.araki-shin.com/araki/keitai.htm

←パソコンなどフルブラウザ専用ページ

http://www.araki-shin.com/

GJ部
ありがとう
ございました!!

GAGAGA

ガガガ文庫

GJ部ロスタイム

新木 伸

発行　2014年4月23日　初版第1刷発行

発行人　佐上靖之

編集人　野村敦司

編集　代田雅士

発行所　株式会社小学館
〒101-8001 東京都千代田区一ツ橋2-3-1
[編集]03-3230-9343　[販売]03-5281-3556

カバー印刷　株式会社美松堂

印刷・製本　図書印刷株式会社

Printed in Japan　ISBN978-4-09-451478-0